越界之旅

菲利普·罗斯后期小说研究

A Journey of Transgression:
A Study of Philip Roth's Late Novels

金万锋 /著

北京大学出版社
PEKING UNIVERSITY PRESS

图书在版编目 (CIP) 数据

越界之旅:菲利普·罗斯后期小说研究/金万锋著. —北京:北京大学社,2015.9
(文学论丛)
ISBN 978-7-301-25883-5

Ⅰ.①越… Ⅱ.①金… Ⅲ.①罗斯,P.(1933~)—小说研究 Ⅳ.① I712.074

中国版本图书馆 CIP 数据核字 (2015) 第 113199 号

书　　名	越界之旅——菲利普·罗斯后期小说研究
著作责任者	金万锋　著
责任编辑	李　颖
标准书号	ISBN 978-7-301-25883-5
出版发行	北京大学出版社
地　　址	北京市海淀区成府路 205 号　100871
网　　址	http://www.pup.cn　　新浪微博:@ 北京大学出版社
电子信箱	zpup@pup.cn
电　　话	邮购部 62752015　发行部 62750672　编辑部 62754382
印 刷 者	三河市北燕印装有限公司
经 销 者	新华书店
	650 毫米 ×980 毫米　16 开本　9 印张　240 千字
	2015 年 9 月第 1 版　2015 年 9 月第 1 次印刷
定　　价	32.00 元

“国家留学基金”资助
吉林省教育厅“十二五”科研规划项目
长春工业大学“学术骨干”项目

序

菲利普·罗斯是美国当代最知名的犹太小说家之一。他凭借独具特色的写作视角、深邃的文化内涵与艺术洞见,成为诺贝尔文学奖的有力竞争者之一。纵观菲利普·罗斯的创作与接受历程,我们可以发现,他是一位较有争议的人物。他早期的文学创作,颇有些"离经叛道"的味道,所以曾被指责是一个"自我愤恨的犹太人",但罗斯不为所动,仍然依照自己的文学理念进行创作,并逐渐超越个人家庭罗曼司式的狭小视域,融入更为宏大的历史、社会、文化、民族语境,成为他独特时代感知的重要载体。对于菲利普·罗斯文学创作中的越界特征,金万锋博士有较为深切的体会,并最终把它确定为其博士论文的选题,这本专著便是在他博士论文基础上修订而成。

国内对于菲利普·罗斯的研究起步相对较晚,始于上个世纪 80 年代,后来逐渐升温,到今天始成燎原之势。对罗斯研究进行梳理后可以发现,罗斯研究的视角比较多元,主要集中在对其作品中所涉及的犹太民族身份、文学影响、后现代因素、大屠杀反思、他我形象、心理分析、性别歧视、自传书写等方面进行解读,但鲜有学者探析他后期作品中所蕴含的越界书写及其意义,而这正是本研究的独特之处。

作为专著的理论基础,越界概念的梳理是本书的重要部分。通过对概念条分缕析式的剖析,越界概念超越了传统的单向维度,而被赋予了更为深刻的当下意义,即"越界在超脱戒令、法律和传统所设置的规诫与限定的同时,也宣传甚至褒扬了那些戒令、法律和传统,因此越界可说是对否定和肯定行动都深有所指的一种行为"。如此一来,越界概念所蕴含的否定与肯定的双重性与菲利普·罗斯文学创作中的越界书写原则,构成了一种内在的契合性,并相互应和,相得益彰,从而促成菲利普·罗斯后期作品的突出特色。在其后期文学创作中,菲利普·罗斯自觉地把越界作为自己文学思想的核心,以后异化时代美国犹太人的创伤记忆为考量对象,通过具体的文本再现形式,准确地把握了社会与时代的脉动和美国犹太人的思想状态,为我们全面理解当代美国犹太人提供了一个新的视角。

具体而言,专著通过对越界概念和文学发展流变关系的梳理,揭示出越界书写已经成为当代文学生产的一个重要书写原则,丰富了文学的形式与内涵;在此基础上,专著从批评思想与文学实践两个方面回顾了罗斯越界书写的形成;最后专著聚焦于罗斯的后期作品,由越界所包蕴的肯定与否定的辩证统一出发,解读了这一时期罗斯作品所彰显的批判意识与思想坚守。

正如专著作者所言,对菲利普·罗斯后期小说越界书写的研究有三方面的意义:第一,帮助读者更好地认识那些对当代美国犹太人的自我界定与认同有重要意义的问题,如犹太意识、历史意识、主体间性等;第二,对菲利普·罗斯越界书写的挖掘,具有一定的原型意义,可为解读其他当代作家提供一个参照;第三,越界书写的当下意义还在于,它已经超越了认识论的范畴,成为一个强调人际关系和谐的主体间性问题,在其后面蕴藏着更为深刻的人文关怀。

金万锋博士一直关注菲利普·罗斯的文学创作,这次他的专著出版,可以说是对他多年深入思考和研究的一个总结,我作为他的博士导师感到十分欣慰。我相信,这部专著不仅对国内美国文学研究来说是一个有益的贡献,对他本人来说也是一个新的起点。凭着他的笃实、专一,凭着他的明锐、刻苦,他一定会在这个领域做出更大的成绩。

李　增

目 录

绪　论

说不尽的菲利普·罗斯

菲利普·米尔顿·罗斯[①](Philip Milton Roth,1933—　)是美国战后最为重要,也是特色最为鲜明的犹太裔小说家之一,亦是近年来诺贝尔奖呼声很高的当代美国作家。罗斯出生于美国新泽西州纽瓦克市的一个犹太中产阶级家庭,1954年毕业于布鲁科纳尔大学,1955年获芝加哥大学文学硕士学位,同年入伍,但由于在基础训练中背部受伤而退伍(其短篇小说《诺沃特尼的痛》中有所记述),1956年回到芝加哥大学,边攻读博士学位边从事教学工作,并开始陆续发表作品。

中短篇小说集《再见,哥伦布》(*Goodbye Columbus*, 1959)使罗斯一举成名,该小说集被《新闻周刊》评为当年最重要的作品。罗斯也因此获得1960年"国家图书奖"和美国犹太书籍委员会颁发的"达格夫奖";同年,这部集子为他赢得"古根海姆奖学金"和"美国文学艺术院奖学金"。带来巨大声誉的同时,这个集子也使罗斯遭到犹太社区的指责和诟病:他被称为一个"反犹主义者",一个"愤恨自我"的人。文学创作的成功使罗斯放弃博士项目和教职,成为一名专职作家。

截至2011年底,罗斯共出版作品31部、短篇小说数篇,以及诸多未集结成册的访谈录。罗斯的主要代表作有《波特诺的怨诉》(*Portnoy's Complaint*)、《被缚的祖克曼》三部曲(*Zuckerman Bound*)、《反生活》(*The Counterlife*)、《夏洛克行动》(*Operation Shylock*: *A Confession*)、《萨巴斯剧院》(*Sabbath's Theatre*)、"美国三部曲":《美国牧歌》(*American Pastoral*)、《我嫁给了共产党人》(*I Married a Communist*)、《人性的污秽》(*The Human Stain*)以及《反美阴谋》(*The Plot Against America*: *A Novel*, 2004)和《复仇女神》(*Nemesis*, 2010)等。

罗斯创作的一个突出特点是,他没有随着年龄的增长而才思枯竭,反而

---

① 本书中,Philip Milton Roth 的中文译名统一为菲利普·罗斯。菲利普·罗斯的其他译名还有"菲利普·罗思"、"菲利普·劳思"、"菲力浦·罗斯"、"菲利浦·罗思",涉及引用时,将根据原文译名给出。

"老骥伏枥",20 世纪 90 年代以来,罗斯佳作频出,每隔几年就有新的突破性作品问世。对于罗斯在当代美国文坛的地位,乔国强教授曾经评论说:"在某种意义上说,他与辛格、贝娄、玛拉默德三人共同构筑了美国犹太文学的基本框架,或者说,共同成为支撑美国犹太文学这座殿堂的四根主要支柱。"①

罗斯的作品深受读者和批评家的青睐,几乎囊括了美国所有重要的文学奖项:三次获得"笔会福克纳奖"(1994、2001、2007)、两次获得"美国国家图书奖"(1960、1995)、两次"全国书评家协会奖"(1987、1991)、"普利策奖"(1997)、"笔会纳博科夫奖"(2006)、"笔会贝娄奖"(2007)、"布克国际文学奖"(2011)等。罗斯还是在世时全部作品已被收入"美国文库"的最年轻作家。如此成就为罗斯赢取了美国文坛"3L"的称号,即"Living Literary Legend"(当代文学传奇)。时至今日,罗斯"文体大师与讽刺大家"的地位已经坚如磐石。

对于罗斯这样一位才华横溢、多产、早熟的作家,自从他涉足文坛开始,便成为评论界关注的热点。对他而言,从来不会有被读者和评论家冷落、作品乏人问津的情况,他的每一部作品都是批评界趋之如鹜的对象,可以说,罗斯研究的开展与他的文学生涯同步。为了研究的方便,下面将对罗斯的国内外研究状况做以归纳与总结。

第一节 国内外研究现状

鉴于菲利普·罗斯在当代美国文学中的地位,国内外的学者都从各自的学术立场出发,对其作品进行了阐释。纵览国内外罗斯研究状况,我们会发现,截至 2012 年 6 月,对罗斯作品的探讨主要从犹太民族身份、罗斯所受文学影响、后现代主义因素、对二战屠犹事件的反思、他我形象、心理分析、性别视角、自传书写等角度来展开。下面本书将从国内和国外研究两个方面加以梳理。

国外菲利普·罗斯研究现状②

菲利普·罗斯以"神童"姿态跻身于 20 世纪 50 年代美国文坛,凭借

① 乔国强,美国犹太文学[M],北京:商务印书馆,2008。第 441 页。

② 这一部分曾经以"国外菲利普·罗斯研究 50 年"为题发表在《长春工业大学学报》(社科版)2010 年第 2 期。

《再见，哥伦布》一举斩获“国家图书奖”，成功开启其漫长而辉煌的创作生涯。今天的罗斯，著作等身，频繁摘取美国各种文学大奖，俨然成为当代美国文坛泰斗级人物。自从罗斯在文坛崭露锋芒，欧美批评界便一直关注其文学创作，对其作品的批评与分析经常见诸报端杂志，针对罗斯作品的研究专著也不断涌现。这种情况自 20 世纪 90 年代以来，表现得尤为明显，专论出现的速度、频率加快，其广度、深度也不断提升，为菲利普·罗斯研究的深入与发展奠定了基础。

为了便于把握菲利普·罗斯研究在国外的发展历程，明晰罗斯研究在不同时期关注点、研究手段、应用理论的发展与变化，专著将依照时间顺序，对国外罗斯研究的相关成果做综合评述，以期提供一个较为清晰的罗斯批评发展脉络。

初登文坛的菲利普·罗斯在批评界名声大噪。索罗塔洛夫(Theodore Solotaroff)盛赞罗斯是一位潜力无限的文学青年；欧文·豪(Irvin Howe)也准确地预见了他在当代美国犹太文学中的地位；同为犹太裔小说家的索尔·贝娄(Saul Bellow)和伯纳德·马拉默德(Bernard Malamud)都给予罗斯这位后起之秀以慷慨的评价。但对其早期创作，也不乏批评的声音，主要来自犹太社区的拉比和犹太教徒们。他们指责罗斯滥用美国犹太文化，有反犹主义倾向，是一个“愤恨自我”的人。《波特诺的怨诉》的出版引发更为强烈的争议。欧文·豪为表达他的不满，撰写了《菲利普·罗斯再审视》(“Philip Roth Reconsidered”)一文，批评罗斯背叛了最初的诺言，背离了犹太传统，写出了“一本粗俗的书”。豪的评价对罗斯是一个沉重的打击，因为罗斯一直视豪为自己文学创作道路上的知己，失望的他以戏仿的方式把豪带进自己的作品中，给予了回击。

罗斯研究在 20 世纪 70 年代已经颇有成就。对其作品研究的第一部专著是麦克丹尼尔(John N. McDaniel)的《菲利普·罗斯小说研究》(*The Fiction of Philip Roth*, 1974)。在这部作品中，麦克丹尼尔采用文本细读法，揭示出只有品读罗斯作品中人物才是透视其小说叙事的最佳途径，并对罗斯笔下的人物进行了分类，即积极人物(activist-heroes)和受难人物(victim heroes)。麦克丹尼尔认为《波特诺的怨诉》是罗斯小说创作的分水岭，从这部作品开始，小说人物开始由积极型向受难型转变。此书的最终落脚点可以归纳为：罗斯的艺术主旨是“关注道德”，艺术手法则为“现实主义”，其艺术关注的核心为社会中的人。

平斯科尔(Sanford Pinsker)的专著《“升华”的喜剧》(*The Comedy*

That "Hoits": An Essay on the Fiction of Philip Roth, 1975)短小而精妙,肯定了罗斯在三个方面例证了当代美国小说的成就:私属和公共的关系;个人对"失败"的关注;反讽的巨大生命力。平斯科尔认为"罗斯无情讽刺公共维度与自我贬斥的私属空间之间存在着一种对应关系"[①];同时,他也坚持对罗斯的了解要从时代背景出发:"在人们普遍关注小说的'虚构性',视'传统小说'创作为明日黄花,企图以枯燥的'报告文体'来代替想象力的形势下,去阅读菲利普·罗斯的作品确实能带来一丝清新的气息。"[②]

罗杰斯(Bernard F. Rodgers, Jr.)则通过《菲利普·罗斯》(*Philip Roth*,1978)一书对罗斯的前期作品进行了解读,揭示出罗斯前期作品的重要命题是对人必须面对的困境的阐释,"寻找主题和技法来揭示作家笔下具有代表性的美国人对现实与想象的理解方式,并表明这种认知对他/她的生活所带来的巨大影响"[③]。罗杰斯认为,罗斯的作品依照技法与主题可分为三类:第一阶段的传统现实主义手法;第二阶段的喜剧性手法(流行于19世纪的幽默手法);第三阶段则是对早期卡夫卡式故事所使用的体现日常生活真实与幻想完美融合的创作手法的整合。

20世纪80年代见证了菲利普·罗斯研究领域几部重要作品的问世。琼斯(Judith P. Jones)与南斯(Guinevera A. Nance)合著的《菲利普·罗斯》(*Philip Roth*,1981)为我们理解罗斯提供了几组关键词,即"想象世界VS现实世界"(written and unwritten worlds)、"学者中的浪荡子VS浪荡子中的学者"(a rake among scholars, a scholar among rakes)、"纯然戏谑VS致命严肃"(sheer playfulness and deadly seriousness)。通过对罗斯作品的细读,两位作者发现罗斯前期作品人物都处在剧烈的转化中,其转变的方向则是由好及坏,而凯普适教授形象则更加深化了其叩问道德的力度。戏谑虽然与严肃并置,但反讽这种艺术手法的应用本身已经使读者明白作者的重心所在。

赫曼·李(Herman Lee)的专论《菲利普·罗斯评论》(*Philip Roth*,1982),主要探讨罗斯作品中反复出现的几个主题。"内森·迪达勒斯"使

---

① Pinsker, Sanford. *The Comedy That "Hoits": An Essay on the Fiction of Philip Roth*. Columbia: University of Missouri Press, 1975. p. 3.

② Ibid., p. 2.

③ Rodgers, Bernard F., Jr. *Philip Roth*. Boston: Twayne, 1978. Preface.

我们想起了《尤利西斯》中的斯蒂芬·迪达勒斯，而李也以此为切入点来讨论犹太儿子、小说家、犹太玩笑之间复杂深刻的关系，并进而论述了二战之后直至水门事件美国现实对罗斯创作所产生的影响；最后李从文学影响与焦虑的角度探讨了罗斯对于自我追寻的关注与实践。李最后对罗斯创作做了精辟的总结："罗斯小说的优雅与能量在于能够巧妙而合理地协调'在乎其中'与'关乎其外'之间的关系。"①

乔治·塞尔(George J. Searles)的比较研究专著《菲利普·罗斯和约翰·厄普代克小说研究》(*The Fiction of Philip Roth and John Updike*，1985)肯定了两位作家现实主义小说家的地位，并从民族文化之根、父子关系、儿子与情人、次要主题、创作手法、实验主义取向等向度，论述了他们是如何在呈现非真实状态的社会中保持着现实关怀。赛尔认为两位小说家的共同点在于他们都试图反复表现荒原环境中那些不断求索且被异化的主人公形象，而不同点则在于他们的视角：厄普代克采用社会学的方法，而罗斯倾向于对材料采取内省式处理手法。

哈罗德·布鲁姆(Harold Bloom)主编了《菲利普·罗斯——现代批评视角》(*Philip Roth：Modern Critical Views*，1986)一书，并为之作序。入选的评论家从各自的文学立场出发，对罗斯的作品和创作动机与倾向做了细致的评论，如豪对罗斯创作轨迹的反思；海曼依对罗斯创作未来进行慷慨而又精确的预测；布鲁诺和唐纳对极具争议的《波特诺的怨诉》的批评。当然，最精彩的评论还是来自布鲁姆，在经过了对《祖克曼三部曲》细致缜密的分析后，他给出了这样的说法："罗斯已经超越了自我，或者可以说刚过天命之年的他，已经向自己和他人表明，他还没有真正显示他的文学创造力。"②这一点为罗斯 20 世纪 90 年代后的创作实践所证明。

《阅读菲利普·罗斯》(*Reading Philip Roth*，1988)是另一部罗斯研究领域的重要作品，旨在"拓展对菲利普·罗斯小说的学术理解，并试图厘清对其创作意图和目的的重大误解"③。编者明确指出，以往对罗斯研究，虽然有的研究成果具有较高的参考价值，但其中很多的阐释亦经常混淆作品和作者之间的关系，导致读者背弃而非专注于对文本的阅读，这与

① Lee, Herminone. *Philip Roth*. New York: Methuen, 1982. p. 80.

② Bloom, Harold. Ed. *Philip Roth：Modern Critical Views*. New York: Chelsea House, 1986. p. 1.

③ Milbauer, Asher Z., Watson, Donald G. eds. *Reading Philip Roth*. New York: St. Martin's Press, 1988. p. ix.

批评家的责任是相悖的。基于这样的指导原则,两位编者精选了一批既立足文学文本又具有宏观学术视野的文章,具体讨论了罗斯在美国文学中的地位、其作品人物的无归属感及最终导致的自我流放、罗斯70年代小说中的娱乐化倾向以及作品中的自我书写等问题,为罗斯研究在20世纪90年代的深入与细化奠定了良好的基础。

20世纪90年代的罗斯研究始于《理解菲利普·罗斯》(*Understanding Philip Roth*,1990)。专著由罗斯小说作品中的"喜剧性"效果出发,逐篇探讨了当代个人经历在"道德方面的复杂表现",指出罗斯小说中的人物均不得不面对一个具有灾难性后果的喜剧性世界,因而小说人物进行选择时的道德维度意义重大。如此一来,罗斯所创造的反讽世界中,这些喜剧场景便揭示了当代生活的深层严肃性。而另一专论《重读菲利普·罗斯》(*Philip Roth Revisited*,1992)意在界定和揭示一位喜剧作家所应具有的能力,对截至1990年的罗斯作品从喜剧性、闹剧反讽等角度进行了解读,并将罗斯的喜剧特征界定为"妙语与幽默生动有趣、引人深思,且变化多样、令人印象深刻"。[①] 皮尤(Thomas Pughe)1994年的论著《喜剧性》(*Comic Sense*)也就罗斯《祖克曼》系列作品中的喜剧性因素进行了探讨。

虽然在早期罗斯研究中,很多批评家从罗斯的族裔背景出发来批评他的"离经叛道"、"数典忘祖",但真正意义上从族裔身份角度来探讨罗斯文学创作的专著却出现在罗斯开始创作近半个世纪之后,即由库柏(Alan Cooper)撰写的批评文集《菲利普·罗斯和犹太人》(*Philip Roth and the Jews*,1996)。在这部批评集中,作者针对当代读者对于罗斯的印象还停留在《再见,哥伦布》和《波特诺的怨诉》阶段的现状,通过细读罗斯的作品,揭示了罗斯在艺术手法以及对犹太性认识的真实发展过程,并认为罗斯对20世纪后半期犹太意识与艺术表现等棘手问题做了充分的探索,从而为我们展现了后现代主义背景下背负瑕疵的人是如何试图发现并直面自我的。

韦德(Stephen Wade)的专著《不居的想象力》(*Imagination in Transit: The Fiction of Philip Roth*, 1996)以罗斯在《事实》(*The Facts*)中"变动不居的想象力"提法为切入点,指明这种张力的存在会最终导致一种启示录的效果。在专著中,韦德以罗斯的作品为依托,试图阐

① Halio, Jay L. *Philip Roth Revisited*. New York: Twayne, 1992. p. 1.

释罗斯的作品如何在三个紧密相关的文本定位中找到自己的位置，即：通过虚构的模式来揭示自我；戏谑性小说如何通过元小说的叙事手法来应对后现代社会中的极度困苦感；对文学与哲学源流的研究。而以上问题的解决，根据作者的观点，在很大程度上依赖于后现代主义各种文艺理论的应用。韦德认为罗斯的成就在于能够创建一种内置的辩证关系，并通过这种关系建构来实现自我的颠覆与重构。

当时间向千禧年挺进的时候，约翰·厄普代克和托马斯·品钦等文坛巨擘们年事已高，创作力明显减退，但罗斯却愈老弥坚，旺盛的精力与创作才情不断喷薄而发。1995 年以后，罗斯平均每隔两年就有一部作品问世，而这些新作频频摘取美国文学大奖的事实证明了它们的价值，难怪古根汉姆文学基金会会长康纳罗说："十年之前，我以为美国作家中能够获得诺贝尔文学奖的不是厄普代克便是罗斯。今日我相信罗斯是最有希望的一个。我把他与贝娄、海明威、菲茨杰拉德、福克纳并列。也许我说得过分一些。可是无论在创作产量还是质量方面，今日仍无人可与他相比。"伴随着罗斯创作热情的高涨和创作视域的拓展，美国文学界掀起了一轮新的菲利普·罗斯研究热潮，关于罗斯的论文和专著与以往相比，无论在质还是在量上都有了明显的提升。

21 世纪初，菲利普·罗斯研究进入了一个高潮期。《索法》(*Shofar*)杂志 2000 年出版了一期由哈利奥编辑的"菲利普·罗斯研究"专刊，分别从罗斯的犹太意识、自我展现、自我的文本化、文本与主体性、死亡与悼念、女性主义、身份的终结、女性与宗教等角度对罗斯的相关作品做了解读，为读者较为全面地理解罗斯的创作提供了丰富的视角。同年，米勒维茨(Stephen Milowitz)的著作《审视菲利普·罗斯》(*Philip Roth Considered: The Concentrationary Universe of the American Writer*, 2000)出版。该书作者指出，一直以来的罗斯批评都忽视了大屠杀在罗斯作品中的重要性，因而他把批评指向大屠杀事件及其对 20 世纪美国生活的重要影响，并声言对罗斯所有作品的解读，如果忽视屠犹这一催化剂，便不能正确找到罗斯在美国思想中的地位。罗斯的作品之所以经常使用同样的题材，在很大程度上是罗斯试图深化而非泛化这些题材内涵的缘故。

2004 年，一部关于罗斯研究的重量级著作问世：肖斯塔克(Debra Shostak)的《菲利普·罗斯：反文本，反生活》(*Philip Roth—Countertexts, Counterlives*, 2004)。论者采取了一种回顾性的立场，把注意力放在罗斯创作中长期坚持的题材和手法,并以此作为自己组织行文的指导原则。肖斯塔克坚持罗斯所言主体特征包含了男性气魄、性、民族、创作行为以及题材的历史参与;对于小说写作,罗斯努力使其成为一个多层面、多声部的对话,而在与作品人物对话的过程中,作者罗斯也展现出他身上所附着的自我身份的多样性,进而表明一系列反生活存在的可能性。这部论著的一个亮点还在于作者曾经查阅了国会图书馆中的众多原始材料,为罗斯批评提供了新的资源。

2005年,罗耶尔(Derek Parker Royal)编辑出版的论文集《菲利普·罗斯:一位美国作家研究的新视角》(*Philip Roth: New Perspectives on An American Author*, 2005),共收文17篇,基本涵盖了罗斯此前所有的作品。文集中的文章先介绍作品,概述情节发展,分析各种文学因素在罗斯文学生涯中的地位。各章虽然都有自己的关注对象,但罗斯作品经常出现的内容如战后的城市化、美国(犹太)的民族性、喜剧与反讽、美国梦的承诺及其破灭等内容则在很多章节中都有所体现。同年,哈利奥(Jay L. Halio)与西格尔(Ben Siegel)编辑出版了罗斯研究文集《火焰沸腾》(*Turning Up the Flame——Philip Roth's Later Novels*,2005),其中的文章从自我指涉、自传书写、身份终结、乌托邦批判、种族主义、情色与死亡等角度,对罗斯后期创作的具体作品进行了深入的分析与解读。

《讽鉴时世》(*Mocking the Age: The Later Novels of Philip Roth*, 2006)是萨法(Elaine B. Safer)出版的罗斯研究论著。萨法以幽默手法作为分析罗斯作品的切入点,论述了罗斯与犹太幽默的关系,指出幽默是罗斯获得反讽效果、探讨严肃道德问题、应对社会荒诞性时的拿手技法。在对罗斯作品幽默喜剧性的探讨过程中,萨法旁征博引,不时使用19世纪和当代文学作品来论证自己的观点,使批评更显厚重。

博斯诺克(Ross Posnock)于同年出版的专著《菲利普·罗斯的真面目》(*Philip Roth's Rude Truth: The Art of Immaturity*, 2006)被认为是近年来罗斯研究的一部力作。作者不再把罗斯单纯当做一个犹太作家看待,而是把他放到一个宏大的文学背景下来考虑。通过对"不成熟性"这一美国文学现象的阐释,把罗斯与美国文艺复兴时期的文学大家如爱默生、梭罗、霍桑、麦尔维尔等人所表征的美国文学传统并置。同时,也把罗斯与东欧作家联系起来,最著名的便是米兰·昆德拉,这样,罗斯成为美国文学史上一位极为罕见的、能够不断积累能量并最终勃发的小说家。博斯诺克的专论扩展了罗斯作品意义的丰富性。

《剑桥文学指南之菲利普·罗斯卷》(*The Cambridge Companion to Philip Roth*, 2007)对罗斯研究现状做了总结性的论述。《指南》分别从美国犹太身份、文学影响与后现代主义、二战屠犹事件、罗斯与以色列、罗斯的他我、心理分析、性属、民族身份、自传写作等角度对罗斯的整个创作生涯做了总体阐释。这部文集及时准确地把握了罗斯研究的发展脉络,为从事罗斯研究的学人进一步开展研究奠定了良好的基础。同年,布兰诺(David Brauner)为"当代美加小说家"书系(Contemporary American and Canadian Novelists)撰写了一部批评论著《菲利普·罗斯》(*Philip Roth*,2007)。布兰诺指出肖斯塔克对罗斯作品文本间对话分析在很大程度上忽视了罗斯作品与同时代其他作品的关系,同时对罗斯的文体特征的揭示也不充分,所以他决定采用"互文性"的研究手法,在仔细研读文本的同时,试图找到这些文本所适合的各种语境,通过对比它们之间以及它们与同时代其他作品的异同来阐释罗斯作品的意义。本书的落足点也是罗斯后期的作品。

国外对菲利普·罗斯作品进行的研究除了这些专著和论文合集外,在各种学术期刊杂志上也多有体现。这位"当代美国最重要的小说家"终于获得到了应有的声誉与重视。下面简要介绍一些能为罗斯研究提供新视角的文章与专题研究。

拉文(Norman Ravvin)在其专著《词汇之屋:犹太写作、身份与记忆》(*A House of Words: Jewish Writing, Identity and Memory*,1997)开辟专题对罗斯作品进行了解读。专论主要围绕大屠杀记忆展开,兼而论及了大屠杀的美国化进程(以《安妮日记》的出版与接受为例)。拉文对《鬼作家》中的一章进行了详细的分析,意在指出祖克曼对艾米的想象,对其经历的重构,恰恰反映了罗斯对于当时(1956 年)背景下,人们对于《安妮日记》及其剧场版普遍接受事实的深刻反思。对罗斯而言,在整个过程中,不适当的犹太词汇的出现,美国式的叙述方式,以及对"人们本质上都是好的"这一提法的突出,都有效地剔除了犹太人在二战期间的苦难经历,并将这一印象普遍化,消除了它原应承载的沉重历史命题。正如拉文所言:"《鬼作家》揭示了人们对《安妮日记》的种种反应,并集中表现文学在我们理解历史、形成历史感过程中的权威性。"①

① Ravvin, N. *A House of Words: Jewish Writing, Identity and Memory*. Montreal: McGill-Queen University Press, 1997. p. 84.

很多论文也为罗斯作品的解读提供了很好的角度。萨法(Elaine B. Safer)的论文《菲利普·罗斯小说〈夏洛克行动〉中的两面性、喜剧反讽与后现代主义因素》("The Double, Comic Irony, and Postmodernism in Philip Roth's *Operation Shylock*"),从后现代的历史背景出发,指出现当代作家作品与以往传统大相径庭:碎片化、无深度、怀疑整体性与原创性蔚为风尚,作家们只能在互文游戏中发泄自我的焦虑、愤怒、恐惧。萨法指出《夏洛克行动》中"罗斯"的另一个自我"皮皮克",是其潜意识层面压抑的自我表现,其目的是构成一个"喜剧反讽",来表现现代人在用理性来解决当代各种问题、尤其是涉及传统、信仰问题时的无能为力感。对于罗斯作品的后现代因素,丹齐格(Marie A. Danziger)在其著作《文本/反文本》(*Text/Countertext*, 1996)中也从"后现代偏执"角度对罗斯的《反生活》进行了解读。

对于罗斯进入新千年后的文学创作,很多评论家都把批评视角投向作品所展现出的田园牧歌的可能性问题,如莱昂斯(Bonnie Lyons)的《〈反生活〉的反田园特征》("En-Countering Pastorals in *The Counterlife*")、罗耶尔的《〈美国牧歌〉与〈我嫁给了共产党人〉中的田园梦与国家身份》("Pastoral Dreams and National Identity in *American Pastoral* and *I Married A Communist*")等。

从国外菲利普·罗斯研究发展历程可以看出,罗斯研究经历了一个不断发展、深入、细化的过程。研究的内容由最初的关注其族裔身份、叛逆犹太传统、文学影响、创作技巧等,逐渐发展到将其置于当代美国文学图志的大框架下来考虑,各种批评理论被引入其中,研究的视域因而不断拓展,犹太身份、后现代主义、犹太大屠杀、罗斯与以色列、罗斯的他我、心理分析、性属、民族身份、自传写作、新历史主义、新现实主义等角度的介入,更是极大地丰富了对罗斯作品内涵的阐释。罗斯研究在国外的发展与壮大,进一步证明了罗斯在当代美国文坛的地位。与之相呼应,国内学界也开始意识到罗斯在当代美国文学中的重要性,开始加大研究力度,因而菲利普·罗斯研究在国内也呈现出方兴未艾的态势。

国内菲利普·罗斯研究状况

菲利普·罗斯在我国起步较晚。就笔者掌握的资料看,最早有案可查的记录始于 20 世纪 80 年代初,即 1980 年陆凡为《文史哲》杂志撰写的文章《菲利普·罗斯新著〈鬼作家〉评介》,指出罗斯这一新作涵盖了几乎全部的犹太文学传统主题，是一部具有“典型意义”的代表作，使国人对这个作家有了初步的了解。

1987年仲子在《读书》杂志发表《菲利普·罗斯的〈对立的生活〉》，对罗斯的新著给予解读。同年，罗斯有两部作品被翻译介绍到国内，一为董乐山译的《鬼作家》，由四川人民出版社出版；一为俞理明、甘兴发、朱涌鑫译的《再见，哥伦布》，由中国社会科学院出版社出版。1988年，张蓉燕译的《再见，哥伦布》由北方文艺出版社出版；同年，湖南人民出版社出版了楚至大、张运霞译的《反生活》。但这些译本在相当长的时间内并没有引起国内研究者的重视。

1989年，冯亦代在《读书》杂志上发表文章《菲利普·罗斯的“自传”》，揭示罗斯创作过程中自我指涉、自我虚构的倾向。之后相当长的一段时间内，罗斯研究在学界处于止步的地位，只有几篇零星的文章出现，如冯亦代1993介绍罗斯新书《夏洛克行动》的文章《菲利普·罗斯当了间谍》(《读书》)、万志祥同年发表文章《从〈再见了，哥伦布〉到〈欺骗〉——论罗斯创作的阶段性特征》(《外国文学研究》)、傅勇于1997年发表《菲利普·罗思与当代美国犹太文学》(《外国文学》)、邹智勇发表《菲利浦·罗斯小说的主题及其文化意蕴》(《武汉交通科技大学学报》)等，这些文章从罗斯作品的主题思想、创作阶段、与犹太文学的互动关系等角度进行了解读，为以后国内罗斯研究奠定了基础。同一时期，很多对美国犹太文学做整体研究的学者，也把罗斯作为犹太文学的重要代表人物纳入到自己的批评视野中去，比较重要的有：曾令富的《美国犹太文学发展的新倾向》(《外国文学研究》1995)、张武德的《当代美国犹太裔作家笔下的异化内涵》(《西北师大学报》1997)、刘洪一的《犹太文学的世界化品性》(《当代外国文学》1997)、汤烽岩的《论犹太文化与美国犹太文学》(《中国海洋大学学报》1999)、胡碧媛的《犹太文化与犹太身份：美国犹太文学人物剖析》(《南京邮电学院学报》1999)等。这些文章从犹太文学发展的新动向、异化主题、犹太文化与文学的交互性、世界化品性等角度解读了当代犹太文学的新发展。这一时期，罗斯只有一部作品被翻译到国内，即周国珍译的《我作为男人的一生》，1992年由湖南文艺出版社出版。

随着千禧年的到来，罗斯在中国的人气也开始急剧提升，他的作品开始被批量翻译介绍到国内，罗斯的“美国三部曲”已经被翻译成中文，即2003年刘珠还翻译的《人性的污秽》、2004年罗小云译的《美国牧歌》和2011年魏立红译的《我嫁给了共产党人》(皆为译林出版社出版)；2004年吴尧译的《垂死的肉身》、2006 年彭伦译的《遗产》、2010 蒋道超译的《行话》、2010 年姜向明译的《乳房》(皆为上海译文出版社出版)。

与大量译著被引介到国内相呼应,21 世纪以来,中国学界关于菲利普·罗斯的评论文章如雨后春笋,频繁出现在各种刊物与媒体。外国文学类核心刊物上更是经常可见对罗斯作品的批评文章。对国内学界来说,罗斯俨然已经成为研究当代美国文学几个绕不过去的人物之一。在这一阶段,罗斯研究呈现涉及面广、视角多元的特征。综而观之,这一时期的罗斯研究可以概括为:

一、主题研究

乔国强的论文《后异化:菲利普·罗斯创作的新视域》,通过引入"后异化"这个概念,帮助我们更加清晰地去认识和解读罗斯作品中提及的很多现实问题,诸如对二战后美国犹太人所面临的如何认识屠犹问题、如何处理犹太人与非犹太人、阿拉伯人以及以色列的犹太人的关系等;林莉的论文《论〈美国牧歌〉的多重主题》,突出该部作品中所体现出的困惑与挣扎、追梦与幻灭、爱与恨的交织、希望与绝望并存的主题;李扬的论文《冲突与融合——罗斯小说〈美国牧歌〉中文化母体的解读》,指出罗斯借用"代沟"这一母题形式,反映出犹太移民在美国社会中所遭遇的种种文化冲突和变迁,在批判嘲讽传统的声音中隐藏着对本民族文化和命运的深切关怀;朴玉的论文《斯人已去,往生只可追忆——菲利普·罗斯的〈普通人〉解读》,指出《凡人》不同于罗斯以往作品的地方主要在于,淡化重大历史事件对主人公施加的影响,通过追忆一个普通人的一生,表现对疾病、死亡、衰老等普世情怀的观照:杨梅的论文《人的自然性与社会性——读〈人性的污秽〉》,把人物置于一系列的社会、道德和政治语境下,通过对小说人物的分析,考察人的自然性和社会性的关系,进而提出两种属性应该和谐共存的期望;薛春霞的论文《反叛背后的真实——从〈再见,哥伦布〉和〈波特诺伊的怨诉〉看罗斯的叛逆》,指明罗斯叛逆性写作虽然从道德伦理上触痛了犹太禁忌,但却是从根本上帮助犹太人摆脱固守传统带来的人性压抑的重要手段,是对犹太生存问题的逆向性思考,对美国犹太人在新时代的自我认知与调整有重要意义。

二、身份研究

杨卫东的论文《身份的虚构性——菲利普·罗思'朱克曼系列'中的

'对立人生'》,通过对作品中父/子关系、夫/妻关系、兄/弟关系和作者/作品关系的探讨,揭示出人生的多样性、复杂性和糅杂性;李昊宇的论文《菲利普·罗斯小说〈人性的污秽〉中的身份危机》,通过分析四个主要人物的身份危机,揭示当代美国社会人们普遍面临的精神危机;管建明的论文《对立生活版本的并置与犹太文化身份的探寻——评菲利普·罗思的小说〈反生活〉》,指出罗斯借助荒诞不经的故事内容和颇具后现代风格的叙事技巧,来展现作家对犹太文化身份的思考,通过并置对立生活的不同版本,来表现当代犹太人寻求文化身份的多重维度;郑军荣的论文《菲利普·罗斯与文化身份认同》在对罗斯相关文本与作品人物展开分析基础上,依照身份认同的相关理论,通过分析犹太身份来阐述美国犹太文学的文化内涵,包括美国犹太人的身份困惑和在传统中寻找自我的历程,从而阐述当代美国犹太文学体现的犹太文化与现代西方文明的交融;刘颖的论文《新现实主义下菲利普·罗斯对犹太人身份的关注》,从历史的回归、从宏大叙事转向微观叙述的回归中探索犹太身份问题;欧元春的论文《身份流放的悲剧——从〈人性的污点〉看菲利普·罗思的身份观》,认为罗思将"流放"贯穿到主人公科尔曼的族裔身份、社会身份以及心灵深处,突出而生动地表现了作者对美国社会的身份所持的见解:身份逾越不可能带来美国梦的实现,反而注定了悲剧命运。

三、创作手法研究

黄铁池的论文《追寻"希望之乡"——菲利普·罗斯后现代实验小说〈反生活〉解读》,通过对比《反生活》与前期作品在写作手法和主题等方面的不同,揭示了作家创作轨迹的变化:从关注和反映第二代美国犹太移民对身份的反叛和回归转向开始探讨第三代移民对自己犹太身份的寻求与回归,并在此基础上展开了一系列对当代犹太人最敏感、最关注的诸如"犹太散居地现象质疑"、"犹太复国主义极端行为的影响"以及犹太人在宗教、道德和精神层面重大问题的讨论;黄铁池的论文《不断翻转的万花筒——菲利普·罗斯创作手法流变初探》,揭示了罗斯的创作手法由现实主义过渡到现代主义再进入后现代主义的过程,从而为读者提供了广阔的阅读空间。

四、叙述学研究

张生庭、张真的论文《〈朱克曼〉三部曲的叙事性阐释》,揭示出该三部曲叙述结构存在循环式特点，在叙述时间、叙述视角和叙述对象上都存在一定联系，是一个有机整体；林莉的论文《论菲利普·罗斯小说〈鬼退场〉的叙事策略》，从隐性文本、叙述焦点、虚构与真实结合三个方面分析了作品的叙事策略，进而揭示罗斯文学创作的永恒主题：永无休止的人类欲望与无法逃避的衰老和死亡的巨大矛盾。

五、新历史主义研究

周富强的论文《论美国新历史主义视角下的〈反美阴谋〉》以新历史主义为切入点，从"文本的历史性"与"历史的文本性"这两个互为关联的命题来阐释《反美阴谋》中的历史语境与美国犹太移民之间的互动关系，对生活在当代美国的犹太人提出了警醒；夏明滇的论文《历史的文本性与文本的历史性——从新历史主义角度分析〈美国牧歌〉》，指出小说中的历史因素决定了他们田园般的美国梦无法真正实现。

六、伦理批评研究

袁雪生的论文《论菲利普·罗斯小说的伦理道德指向》，认为罗斯通过性爱主题下的伦理考问、反叛意识里的道德冲突和生存困境下的命运反思，刻画了犹太社会中家庭伦理道德、宗教伦理道德乃至公共伦理道德的嬗变，体现了深刻的伦理道德指向；袁雪生的论文《身份逾越后的伦理悲剧——评菲利普·罗斯的〈美国牧歌〉》，指出利沃夫在梦想与现实的交替、历史与政治的交融、自我与社会的冲突中发生了伦理身份的逾越与转变，违背了伦理禁忌，导致乌托邦式的田园梦想的破灭和不可避免的悲剧命运；刘佳的硕士论文《文学伦理学视角下的〈垂死的肉身〉的伦理主题分析》，通过对作品中的情欲主题和死亡主题进行伦理分析，重点探讨美国五六十年代国民精神的迷惘和失落变迁，以死亡主题结束全书的伦理现象分析，也是对美国性解放以及反文化运动终结的忠实反映。

七、其他研究

徐崇亮的论文《论"反叛"犹太传统的美国当代作家菲力普·罗思》表明种种貌似反叛的描述其实表明作家正在面临"同化"和"美国梦"的困惑，也是他们从少数族裔话语的角度对自己的特殊身份和品质的确认；金明的论文《菲利普·罗斯作品中的后现代主义色彩》，强调后现代主义揭示理性对人性压抑的同时，可能忽视非理性因素对社会与个人造成的潜在危害，强调感性与理性、科学与人文的有机结合具有极强的时代意义；袁雪生的论文《身份隐喻背后的生存悖论——读菲利普·罗斯的〈人性的污秽〉》，从幽灵作为主人公分身的隐喻出发，揭示了种族和道德双重语境下的生存悖论，对时代的道德现状、社会偏见、人性的污秽进行了深度阐释，表明在一个注重身份与种族的国家里，任何形式的逃离和逾越都无法获得精神家园的安宁；朴玉、张而立的论文《倾其一生，难寻理想自我——解读菲利普·罗斯的〈普通人〉》，则利用心理学和社会学的相关概念，来讨论主人公"自我"追寻的过程，阐释一老者对自己人生的回顾：三个基本概念"物质自我"、"精神自我"与"社会自我"的此消彼长，合力构成普通人的一生。

与罗斯相关的博士论文在新千年也不断出现，其中专题研究博士论文 5 篇，相关研究博士论文 2 篇。

专题研究论文包括：杨卫东的博士论文《身份的虚构性》，通过罗斯小说中的"对立人生"来研究犹太人的身份问题；张生庭的博士论文《冲突的自我与身份的建构——菲利普·罗斯〈被缚的朱克曼三部曲〉研究》从自我与身份理论入手，通过对虚拟作家朱克曼主体身份确立过程的探讨，揭示了其创作者罗斯经历了相似的自我和谐与自我定义的危机，在一定程度上，该博士论文较早意识到菲利普·罗斯创作过程中的自我指涉与自传化倾向；林莉的博士论文《论菲利普·罗斯后期小说的历史解读与文学话语》从新历史主义的"历史的文本性"与"文本的历史性"角度出发，结合话语理论，对罗斯的后期作品进行了解读，强调对罗斯作品中人物身份建构、社会矛盾冲突与后现代手法的分析，有利于加深人们对罗斯后期六部作品的理解；薛春霞的博士论文《论菲利普·罗斯作品中美国化的犹太人》从犹太性中的性认识、民族忠诚度、犹太身份、社会同化四个方面对美国化的犹太人进行了论述；孟宪华的博士论文《追寻、僭越与迷失——菲利普·罗斯后期小说中犹太人生存状态研究》，以文化分析和文本阐释为基本方法，运用有关身份、权力、文化、空间等理论，考察犹太人在后现代语境下的生存状态。

与罗斯研究相关的博士论文是：曾艳钰的博士论文《走向后现代多元文化主义——从罗斯和里德看美国犹太、黑人文学的新趋向》，对黑人作家里德和犹太作家罗斯进行了比较研究，指出在后现代多元文化背景下，罗斯的创作具有浓郁的后现代色彩，其后现代手法的运用已臻化境；朴玉的博士论文《于流散中书写身份认同——美国犹太作家艾巴·辛格、伯纳德·马拉默德、菲利普·罗斯创作研究》,于流散的大背景下,结合身份认同理论的相关内容,指明了犹太作家在重构本民族文化身份过程中所起的重要作用,对于理解战后美国犹太"文化认同"问题有一定的参考价值。

菲利普·罗斯研究方面的专著,就笔者目前掌握情况看,只有两部在博士论文基础上发展来的专论,分别是张生庭的《冲突的自我与身份的建构——菲利普·罗斯〈被缚的朱克曼三部曲〉研究》和高婷的《超越犹太性——新现实主义视域下的菲利普·罗斯近期小说研究》,两部专论为罗斯研究在我国的发展奠定了基础。

从国内外研究情况看,罗斯研究呈现以下特点:罗斯研究的质与量都在不断地提升与扩展,表明其艺术价值为更多学者所认可;研究手法越来越多元化;研究内容已从早期个体生命在社会文化约束下的抗争,发展到更为广阔的社会历史文化空间,从而彰显社会、历史、文化语境与个体命运之间的互动与碰撞;而在研究对象上,则更多地放到罗斯小说中因获奖而广为关注的后期作品上。

第二节 研究内容与价值

本研究将以越界书写为研究要旨,以越界所蕴含的界限与逾越、否定和肯定的辩证思想为指导,以文本细读为基础,对菲利普·罗斯的后期小说进行考察。论者在将罗斯置于宏大的历史文化语境进行考量的同时,也致力于深入剖析越界书写在罗斯后期文学创作中的意义,从而能够帮助读者更为全面地把握和认识当代美国犹太人在族裔身份、历史感、思想文化等方面所面临的困惑与挑战。

小说作为一种文学类型,除了文学所赋予的教育与娱乐的基本功能外,还为读者认识与理解他们所处的世界提供了一种媒介方式。对于读者与小说文本之间的这种互动关系,玛莎·努斯鲍姆(Martha Nussbaum)曾做过精辟的分析:"小说把人类的普遍渴望和社会生活的特殊形式这两者的互动作为自己的主题:社会生活的特殊形式可能会成就人类的普遍渴望,也可能会阻碍人类的普遍渴望,在成就或阻碍的过程中有力地型塑它。小说描绘了在具体社会情境下感受到的一直存在的人类需求和渴望的形式。……小说从总体上构建了一位与小说的角色拥有某些共同的希望、恐惧和普遍人类关怀的虚拟读者,并且,因为这些共同的希望，这位虚拟读者和这些角色建立了认同与同情的联系；当然，这位虚拟的读者仍然位于别处，需要让他熟悉小说角色的具体情境。”①

而在菲利普·罗斯后期小说创作中，作者和读者与世界、历史、民族之间的互动关系，在很大程度上是通过小说中的越界书写来实现的。阅读罗斯的作品，读者们会发现，越界书写是贯穿其整个文学生涯的一种言说方式。罗斯早期的文学创作便已经明显地具有越界书写的因子：无论是为其赢得国家图书奖的小说集《再见，哥伦布》，还是为其带来指责声一片的《波特诺的怨诉》，都逾越了犹太人所期待的“文化宣传”的传统，把目光投向了新的历史情境下，犹太青年对自己所处时代和生存环境的不满，并通过作品人物向世人展示美国犹太人身上所体现出的并不完美的一面，从而以文学的方式呈现出更为真实、更为丰满的犹太人群像。罗斯不仅在早期小说创作中实践着越界书写，他早期的文艺思想也为这种越界书写提供了辩护。大屠杀事件后，美国犹太人为了自身的生存与发展，或者保持低调，在世人面前谨小慎微、彬彬有礼，希望以此换取社会的接受；或者凭借大屠杀带来的道德优势，而膨胀成为“文化英雄”，通过彰显犹太人的勇气与斗争来获取社会的认可。对于这些做法，罗斯认为，文学不同于社会学研究，任何试图寻找正面样本的努力都是徒劳无益的。因而他批判并逾越了这两种书写范例，提倡美国犹太文学应该与时俱进，勇于自我表达，自我伸张，以艺术手法来呈现当下美国犹太人的真实状况。

罗斯早期的越界书写还处于家庭罗曼司的视域内，言说的对象是“自己既爱又恨的家人，他们试图突破心中的郁闷，但却不知道如何去做”②。但随着阅历的增加和思想的升华，罗斯的后期创作逐渐突破了囿于家庭和个体冲突的狭小视域，而开始把目光投向了更为宽广的社会历史文化场域，从一个侧面记录了美国犹太人在当代纷繁复杂的历史语境下所经历的不平凡的心路历程。而这一切始于小说《反生活》在 1986 年的出版。

《反生活》之所以被视为罗斯前后两个创作阶段分水岭式作品，主要是基于两个原因：第一，这是由《反生活》在罗斯创作中的重要地位决定

① 玛莎·努斯鲍姆，诗性正义：文学想象与公共生活[M]，丁晓东译，北京：北京大学出版社，2010。第 19 页。

② 乔国强，美国犹太文学[M]，北京：商务印书馆，2008。第 444 页。

的。罗思·鲍斯诺克认为:"《反生活》是罗斯创作手法上的一个转折点。"[①]而大卫·布罗纳也指出"《反生活》的面世,标志着罗斯新一轮创作高峰的来临"[②]。蒂莫西·帕里什也持同样的观点:"1986 年以后,罗斯的文学事业要比以前更为辉煌。除了亨利·詹姆斯以外,很难想象另外一位美国作家能像罗斯一样,在创作的成熟期生产出如此众多的高质量作品。……1986 年对罗斯而言是一个转折点,因为他正处于通往他成熟期的节点上。"[③]国内犹太文学专家乔国强教授也认为《反生活》的出版是罗斯"创作生涯中的又一个新起点"[④]。第二,《反生活》标志着罗斯创作视域的扩展。罗斯的前期作品,无论是《再见,哥伦布》、《波特诺的怨诉》还是"祖克曼三部曲",都执著于探讨犹太人的内部问题,更多表现父子、母子、夫妻、作家与作品、作家与读者之间的张力关系;《反生活》的问世揭示了一个明显的变化,那便是作品关注点的拓展,不再仅仅是犹太内部关系的阐释,而是涵盖了更多的社会、历史、文化因素,涉及美国犹太人对以色列态度问题、美国犹太人的认同问题、以色列犹太人与阿拉伯人的矛盾与冲突、欧洲反犹主义潜流等诸多方面。从这个意义上说,《反生活》的出版意味着罗斯已经跳出家庭罗曼司的狭小视域而进入更为广阔的社会历史文化空间,从此创作出"一系列令任何作家都钦羡不已的小说杰作"[⑤]。

本研究就之所以把越界作为罗斯后期小说研究意旨的原因主要是基于越界书写在罗斯文学创作中的重要地位。阅读菲利普·罗斯的作品,读者不难发现,罗斯的每一部作品几乎都涉及对界限的关注和对逾越界限带来后果的思考与反思。这里所说的界限可能是宗教方面的,也可能是伦理道德方面的,还可能是创作手法方面的。在一定程度上,逾越界限已然成为界定罗斯笔下人物的一个重要标准。逃避责任的犹太士兵、背叛妻子的犹太丈夫、物质至上的犹太女儿、好色的犹太儿子、自曝家丑的

---

① Posnock, Ross. *Philip Roth's Rude Truth: The Art of Immaturity*. Princeton: Princeton UP, 2006. p. 127.

② Brauner, David. *Philip Roth*. Manchester and New York: Manchester University Press, 2007. p. 3.

③ Parrish, T. *The Cambridge Companion to Philip Roth*. Cambridge: Cambridge University Press, 2007. p. 4.

④ 乔国强,美国犹太文学[M],北京:商务印书馆,2008。第 474 页。

⑤ Parrish, T. *The Cambridge Companion to Philip Roth*. Cambridge: Cambridge University Press, 2007. p. 4.

作家、身份的僭越者、充满欲望的教授、纵情声色的木偶操纵者，他们都是罗斯作品中超越界限的典型人物。在罗斯的后期作品中，越界书写依然是罗斯用以来表达独特时代认知的重要手段。而小说中的人物，往往也通过越界这种方式，来阐释自己的诉求与目标。对于越界书写的研究，可以帮助读者更好地理解后异化语境下美国犹太人所面临的一系列困惑与挑战。

本书共有四个章节组成。首先是对越界概念的梳理，并把其与文学结合起来，指出越界已然成为当代文学生产的一个重要书写原则，极大地丰富了文学的形式与内涵。在此基础上，从批评思想与文学实践方面回顾了罗斯越界书写的形成。进而把目光转向罗斯的后期作品，由越界所包蕴的肯定与否定的辩证思想出发，解读了这一时期罗斯作品所彰显的批判意识与思想坚守。具体而言：

第一章"越界与文学中的越界书写"从越界作为一种思想文化现象谈起，对越界进行厘定，指出这个概念所蕴含的"界限与越界"、"批判与伸张"互为倚重的关系，在此基础上，把越界与文学发展结合起来，指出文学的发展也是一个不断突破成规、逾越界限的历程，而在后现代时期，越界书写已然成为一种重要的书写策略，是作家把握这个已然超越普通人理解力时代的重要方式。

第二章"罗斯越界书写的形成"通过对罗斯早期文学创作中的越界书写的回顾与阐释，揭示了罗斯早期越界书写的形成过程。罗斯凭《再见，哥伦布》而一举成名，但也因其作品主题与人物形象有悖于犹太传统而受到了犹太社区的批评，而《波特诺的怨诉》的发表更是令其广受诟病，但罗斯如此书写自有其用意。不仅仅在文学创作上，在批评思想方面，罗斯也对当时美国犹太作家默认的书写原则进行了逾越：犹太人不再是受难者，不再是谦谦君子，也不是文化英雄，而是具有普遍人性的、更为真实的一个族群。罗斯认为，只有这样，才能使美国犹太人为美国社会所了解、所接受，从而减少因为误解所带来的偏见与歧视。

第三章"罗斯后期小说中的越界书写：逾越"从越界概念的批判性维度出发，对当代美国犹太人所面临的两个文化命题进行了阐释。意识形态对社会思想意识具有重要的影响。美国社会在二战后，借助大屠杀美国化的历程，抹杀了其对待犹太人的不良记录，并且把自身提升到一个救世主的地位，这对犹太人来说是不公平的。本研究借助对《反美阴谋》中历史想象的分析，揭示了美国主流意识形态的虚伪性。当代犹太人面临的另一个问题便是对犹太意识内涵的把握。不同于其他历史时期，随着以色列国的建立，美国犹太人面临着如何看待以色列以及如何界定自己与以色列犹太人的关系的难题。美国犹太人往往从民族利益角度出发，对以色列既全力支持又无限包容，而对阿拉伯世界则采取不宽容对策，这在罗斯看来，是不全面的，无益于以色列问题的和平解决。通过对《反生活》与《夏洛克行动》的分析可以看出，罗斯对美国犹太人狭隘的民族感性提出了批判。

第四章"罗斯后期小说中的越界书写：伸张"则从越界概念的伸张层面出发，对当代美国犹太人所应坚守的一些理念进行了阐说。罗斯在后期作品中，对早期以家庭冲突与矛盾为主要描写对象的创作内容进行了反思，开始了向人际和谐的主体间性书写方式的转向，他的《复仇女神》通过对"耻"这一意象的描述，为读者揭示了"知耻而勇"的主体间性内涵。相对于早期创作中对性、家庭、代际冲突、自我书写与指涉等个体意识色彩强烈内容的关注，罗斯后期作品在创作视域上也发生了转变，开始更为关注当代语境下美国犹太人所应具有的历史意识。因为历史意识对于人的自我界定有着重要的意义，对"美国三部曲"的解读揭示出美国历史所标榜的美国梦，对美国犹太人来说，已渐行渐远，变成了美国噩梦。对于一个民族而言，丧失了历史意识，便无法在一个全新时代准确定位自己。

结论部分重申了罗斯在美国文坛的地位及越界书写在其后期小说创作中的重要地位，为更全面地把握小说家罗斯提供了一个视角。

通过以上分析可以看出，罗斯后期小说越界书写研究有三方面的意义。首先，它不但可以帮助我们了解当代美国犹太人的生存状态，而且可以更好地帮助读者把握当代美国犹太人的思想动向和他们所面临的诸如犹太意识、历史意识、主体间性等问题，而这些问题对于美国犹太人的自我界定与民族身份认同都具有重要的意义。其次，对罗斯后期小说越界书写的研究，揭示出越界书写是罗斯已然内化了的创作方式，是彰显他的历史时代感的重要手段，是他文学表达的重要书写策略；同时，对罗斯越界书写的研究也为研究其他后现代小说家提供一个参考。最后，对罗斯后期小说的越界书写研究揭示出，越界不仅是一个凸显界限的认识论问题，更是一个强调人际关系和谐的主体间性问题，是对我—你关系的强调，而非局限于对事物的认识，越界后面还有更为深厚的人文关怀。

第一章 越界与文学中的越界书写

人类历史就是一部不断逾越常规而自新的文化史、发展史。在此过程中，居于主导地位的力量为了维护自身的地位，设定界限与禁忌，通过各种手段来压迫异己、维持现状。但不断出现的逾越界限的行为还是对其构成了威胁，迫使其采用更为强硬的手法来巩固其地位。在这种情况下，新生力量为了能够发出自己的声音，往往打破加之于身的束缚，僭越支配地位的常规，以期世人能够对其投诸足够的重视，并因此而获取与主流进行对话、甚至取而代之的机会，从而完成范式的转换。这个过程便是典型的"越界"(transgression)视域所要针对的内容。为了更清楚地理解越界在当代文化语境中的地位与作用，这里有必要对越界概念进行梳理，进而把其与当代文学创作联系起来，通过对罗斯后期文学作品的阐释，尝试揭示后现代语境下，越界与文学书写间的紧密关系。

第一节 越界:概念的厘定

越界这一概念随着法国思想在世界范围内的流播，而为学术界所熟悉。由于这个概念的内涵契合于后现代社会的精神实质，引发了学者的关注，所以这个领域的研究不断推陈出新，促进了对这一命题更加深入的研究与拓展。

越界作为一个理论术语，最早由福柯在《越界序言》("Preface to Transgression")中最先提出，该文章最初于 1963 年发表在《批评》(*Critique*)杂志上，是一篇福柯借以向刚刚过世的巴塔耶表示敬意的文章。对于越界的实质，福柯认为"越界不是用一个来否定另一个，也不是通过嘲弄或者动摇根基的稳固性来获取自身目标的实现；……越界既不意味着分崩离析世界(在一个道德世界)中的暴力，也不是对界限的胜利(在一个辩证或者革命性的世界)；恰恰由于这个原因，它的作用是用来度量界限中心敞开的过渡距离，来追踪使限制出现的分界线。越界不包含否定性内容，但可以确认有限存在（limited being）……表明不同的存在。”①

福柯对越界概念的阐释，明确了“界限”与“逾越”之间的辩证关系，并申明越界不是简单地否定或者否定之再否定，界限与逾越之间存在着游戏性关系：“界限和逾越的游戏，为这样一种简单的固执性所控制，逾越不停地穿越，然后再穿越它后面，瞬间式波浪般的闭锁之线，如此才能再返回到不可穿越的地域。”②

在福柯的《越界序言》之后，另一部对越界进行研究的经典作品是《越界的政治与诗学》（*The Politics and Poetics of Transgression*，1986），一部以人类身体、心理形态、地理空间和社会构成之间的相互影响与作用为研究对象，旨在“勾勒出这些互相关联的等级制度在文学和文化史上的相互作用。具体而言，它既关注这些等级关系的形成过程，同时也关注地位低下者对地位崇高者造成的麻烦”③，而上述四个研究对象其中的任何一个，如果逾越了等级与秩序的规则，则将会对其他三个产生重要的影响。

为了揭示高话语（high discourses）对低话语（low discourses）的贬损与压制，作者运用巴赫金的狂欢化理论对其进行了分析。高话语拥有威廉斯所说的“内置主导模式”，即他们凭借其社会经济优势，决定着高低话语的定位与划分；但低话语群体的观点可能恰好相反，并努力通过颠覆这个制度而表达相反的观点。虽然高话语群体鄙视低话语群体的粗粝，但他们同时也在低话语群体身上看到自我欲望的表达。“拒绝与根除令人难堪的‘低话语’行为强烈地、毫无征兆地与对‘他者’的渴望发生了冲突，而在此过程中，厌恶与着迷是它的两个极端。”④

作为一种理解方式，狂欢节在巴赫金看来，既是草根阶层由下仰望的乌托邦幻象，也是高等文化对倒置世界的批判：

> 有人可能会说，与官方盛宴不同，狂欢节欢庆从现存世界秩序的

---

① Foucault, M. *Language*, *Counter-Memory*, *Practice*. tr. Donald F. Bouchard and Sherry Simon. New York: Cornell University Press. 1977. pp. 37－38.

② Foucault, M. *Language*, *Counter-Memory*, *Practice*. tr. Donald F. Bouchard and Sherry Simon. New York: Cornell University Press. 1977. p. 34. Cf. 吴玉杏，《三言》的越界研究[D]，台北：政治大学，2002。第25－26页。

③ Stallybrass, Peter, White, Allon. *The Politics and Poetics of Transgression*. Ithaca, New York: Cornell University Press, 1986. p. 3.

④ Ibid., pp. 4－5.

> 桎梏中获得暂时自由；它标志着所有等级地位、特权、常规和禁忌的暂时终结。狂欢节是时间的真正盛宴，是生成、变化与更新的盛宴。它对所有不朽的、完美的事物横眉冷对。①

以狂欢化诗学为切入视角，《越界的政治与诗学》揭示了欧美中产阶级的高话语形式如何走向前台、如何通过对低话语形式的贬抑，逐渐获得了文化上的优势地位。但在这个过程中，狂欢节所带来的心理冲击逐渐为中产阶级所感知，这也最终导致狂欢节这一节日逐渐被取缔，从而最终完成了对低话语的规化与训诫。很大程度上，这部作品是从文化研究的立场，对欧洲资产阶级主流社会意识形态的建立进行了揭示，意在表明狂欢化理论在此过程中的重要作用。

越界概念中包含的对界限的逾越是学界对它的通识性了解，很多以越界为内容的研究成果都是采用了这样的定义方法，这样的界定方法很有代表性："'越界'指的是对原有的界限、成规、惯例的打破与重构。越界概念自身包含着强烈的空间意味。所谓打破成规与惯例，首先就意味着对原有的既定疆域（界限）和相应时空的破除和越过。"②

但"逾越"并非仅仅指跨越界限，正如福柯的闪电比喻一样，越界应该同时包含两方面的内容；在超越限制的时候，越界行为由于发生在包容限制的语境中，如此，在很大程度，越界行为本身又彰显了限制的存在与合理性。同时，越界后所形成的限制空白，很快会被弥合，为下一次的越界行为做好了铺垫。对此，詹克斯曾做过精彩的总结：

> 越界就是要超脱戒令、法律和传统所设置的规诫与限定，要有所冒犯有所侵染。但逾越绝不止于此，它宣传甚至褒扬那些戒令、法律和传统，是对否定和肯定行动都深有所指的一种行为。③

表面的悖论实则蕴含着思辨的理性光辉，诠释了当代语境下越界行为的全新内涵，也为本研究的顺利进行提供了很好的理论资源。

---

① Bakhtin, M. M. *Rabelais and his World*. tr. H. Iswolsky, Cambridge: MIT Press, 1968. p. 109.

② 李显杰，"空间"与"越界"——论全球化时代好莱坞电影的类型特征与叙事转向[J]，上海大学学报(社科版)，2011(6)：22。

③ Jenks, Chris. *Transgression*. London: Routledge. 2003. p. 2.

第二节 越界:一条思想脉络

福柯在论文《越界序言》和其他相关著作中,通过对数位思想家的研究,为越界思想发展建立起一个脉络谱系。在这个谱系中占据重要地位的人物分别是萨德(Marquis de Sade, 1740—1814)、尼采(Fredrich Willhelm Nietzsche, 1844—1900)、巴塔耶(George Bataille, 1897—1962),他们或通过著书立说、或通过自身的行动,为思想史上越界的嬗变提供了理论资源。

谈到欧洲现代早期越界思想的发展过程,堪称风向标式的一个人物便是在现当代欧洲文学与文化史上"臭名昭著"、"17 世纪末直至整个 18 世纪风行于欧洲的艳情小说与黑小说(又名'新小说')的写作能手"萨德侯爵。[①] 他不满足于展现正常的两性关系,反而通过反常的性行为来获得快感,通奸、杂交、群交、同性之好等等,不一而足,都在他的生活与作品中反复出现,通过这样的书写方式,萨德在探讨欲望的无限可能性。由于他的言行无法为当时的人们所接受,因此萨德一生"八次身陷囹圄,蹲过 13 处牢房,并受鞭刑三次,还被三次判处死刑"[②]。而今天英文中的虐待狂(Sadism)一词即来源于萨德的姓氏(Sade)。萨德在他的时代是深受诟病的争议人物,但他的影响力却不可小觑,因其引领了近代欧洲知识分子不断反思与越界的潮流。

相对于萨德对性越界的关注,尼采的越界思想,则体现在其运用逻辑思辨对现存社会形态合理性提出质疑,把不确定性从牢笼中解放出来,从而拉开了"重估一切价值"的反传统帷幕,最终宣告"上帝死了"。如此一来,人们不得不面对这样一个事实:既然确认上帝已经死亡,那么一切以宗教名义进行的活动就全部是谎言,至少是对现实的扭曲,是荒谬的。这样,人便被剥离出了宗教的乌托邦,不得不对自己的行为负责,从而使人自身成为这个世界的中心场域。

尼采揭开了 20 世纪社会世俗化的开端,使与上帝相对的无限可能性充斥宇宙、人间和个体的意识中。它所导致的后果就是这个世界"缺乏限

---

① 萨德,爱之诡计[M],管震湖译,长春:时代文艺出版社,1998。第 6 页。

② 同上书,第 7 页。

制，没有衡量事物的尺度，脆弱与动荡成为再现世界构成方式的无力准则”[①]。对于这种状况，尼采开出的药方则是，让拥有卓越才能的人通过权力意志去对抗处于虚无状态的现实世界。尼采认为形而上帝国建立的根基不过是虚无缥缈的理念意识，他通过揭露伦理传统与形而上学中所隐藏或者隐含的各种假设，粉碎了人们千百年来信奉的确定性幻境，肇始了 20 世纪对越界概念的进一步深入探究。[②]

尼采对于理性概念的批判是他最大的贡献，因为只有跨过道德和理性的界限，直面界限所遮蔽的内容，才能获取更为真实的知识、更大的快感，获得狄俄尼索斯之狂喜带来的战栗感与成就感。尼采的越界思想极大地影响到巴塔耶、布朗肖和福柯等人对于界限问题的思考。

有“后现代的思想策源地之一”[③]之称的乔治・巴塔耶，这位“尼采的信徒，科耶夫的忠实听众，萨特潜在的对手，布朗肖和列维纳斯的同道，后结构主义者——福柯、德里达、鲍德里亚、克里斯蒂娃等——频频致敬的先驱……”[④]，因其对色情、过量、耗费与普遍经济的书写，而成为“与越界概念息息相关”的人物。[⑤]

在巴塔耶的整个思想体系构建中，一些词汇具有极其重要的地位，主要是：耗费、普遍经济、过量、色情、欲望等。耗费的观念是其思想的根基。耗费（expenditure）概念在巴塔耶的话语体系中作为能指，所指的对象是“为所谓的非生产性的耗费：奢侈、哀悼、战争、宗教膜拜、豪华墓碑的建造、游戏、奇观、艺术、反常性行为（偏离了生殖性目的的性行为等等），所有这些活动，至少在其原初状况下，他们的目的仅仅限于自身。…… 他们的重点都放在缺失（loss）上”[⑥]。对于耗费问题的深入探讨，使巴塔耶又提出了“普遍经济”的概念。

这里的普遍经济是相对于有限经济而言，是一种更加宽泛的概念，把

---

① Jenks, Chris. *Transgression*. London: Routledge. 2003. p. 69.

② Ibid., p. 5.

③ 胡继华，法兰西的另一种“政治哲学”[EB/OL]。http://www.gmw.cn/01ds/2004-03/03/content_3348.htm. 2010-04-15 访问.

④ 乔治・巴塔耶，色情、耗费与普遍经济——乔治・巴塔耶文选[M]，汪民安编，长春：吉林人民出版社，

⑤ Jenks, Chris. *Transgression*. London: Routledge. 2003. p. 87.

⑥ 乔治・巴塔耶，色情、耗费与普遍经济——乔治・巴塔耶文选[M]，汪民安编，长春：吉林人民出版。

世界上的能量看成是一个整体，并且也把与生产劳动目的无关的活动纳入到考虑的范畴中，因为这种经济形式的一个突出特征是不要求回报。巴塔耶认为，这种普遍经济最为核心的表现为太阳，因为太阳是万物生长取之不尽、用之不竭的来源。生物"接受了这种能量并在它所可能企及的空间界限内将能量积聚起来，然后，它对这种能量进行放射与耗费，但是，在释放较大份额的能量之前，生物已经最大限度地利用能量来促进它的生长。只是在增长不可能的情况下，才会出现能量浪费。因此，真正的过量是个体或集体达到其增长极限时才开始的"[①]。如此一来，巴塔耶就提出了一个重要命题，即过量(excess)。过量标示着状态已经超过临界点，需要能量的消耗以保持普遍经济的正常运行，所以才会有各种形式的释放过程，两次世界大战是典型的破坏式耗费行为，而色情行为也是能量释放与耗费的重要形式。

对色情的迷恋在很大程度上源于巴塔耶对于人类生存有限性的认知。对于人而言，死亡是不可避免的终点站。面对这样的宿命，人产生了无尽的焦虑感与紧迫感，为了能够使人生更加有意义，人们努力使自己的生活更加圆满一些，但更多时候，人们发现生存不过是"实现存在意义的无助努力罢了"[②]。这种由死亡的威胁给人带来的空虚感，压迫着人们的神经，对此，巴塔耶认为，只有求助于性，人才有获得救赎的希望，因为性包含着对对象的渴望，行动的过程亦是双向的，最终个体通过他者获得身份的认可。如此一来，"色情，就不再是少数人的娱乐休闲，也不是局限于坏人或者下流场所的恶行，亦不是自我身上那需要压抑或者舍弃的令人不悦的气质，而恰恰相反，它变成了能量自身"[③]。"整个色情行为就是要摧毁两性之间所持的自我约束的脾性而已。"[④]

巴塔耶认为，人类在面对死亡所造成的压迫感时，除了选择通过性的方式来释放外，还有可能萌发自毁的倾向与行为。而人作为社会的基本单位，是社会延续发展必需的因子，所以社会为了维持自身的正常运转，会采用具体措施来防止个体自毁行为的发生，因而社会禁忌(限制)应运

---

① Bataille, G. *The Accursed Share*: Volume I. P29. Cf. 乔治·巴塔耶，色情、耗费与普遍经济[M]。第30页。

② Bataille, G. *The Inner Experience*. Albany: State University of New York Press. 1988. p. 89.

③ Jenks, Chris. *Transgression*. London: Routledge. 2003. p. 94.

④ Bataille, G. *Eroticism*. London: Penguin, 2001. p. 17.

而生。但正如那句俗语所言,“哪里有压迫,哪里就有反抗”,禁忌(限制)虽然有保护社会个体的作用,但它所带来的约束也显而易见,所以便产生了逾越禁忌(限制)的欲望。

正是基于这样的认识,巴塔耶说“邪恶并非逾越,那是逾越被诅咒的结果”[①]。但后现代主义之前的社会形态,由于受到逻各斯中心主义的影响,越界通常都和疯狂、危险、罪恶处于同一语域中,而在后结构主义兴起的 20 世纪下半叶,人们不再把越界视为洪水猛兽,而是把被逾越的对象看做是标示限定的符号,并努力为它们争取合法性,“越界昭示了限制与它的对立面。”[②]从以上的分析可以看出,巴塔耶坚持现代理性的核心原则在于排除异质性,“在驱逐爱欲和放纵中被建立,然而唯有经历放纵爱欲的狂欢体验,个体才能跨过自我的界限,获得自身的整体性”。[③]

福柯在巴塔耶的基础上,继续质疑理性中心主义,在《越界序言》提出了“界限”与“越界”两个概念:“界限与越界不管拥有什么样的强度,都是相互依赖的——界限如果是绝对不可跨越的,他就不可能存在;反之,越界如果只跨越由幻觉和影子组成的一个界限,那么越界也就毫无意义了。”[④]而越界的过程并非穿越了界限便结束,因为越过界限后,马上又会面临新的界限,新的界限的出现便构成再次越界的基础,但通常这都需要时间与能量的积累过程。在福柯看来,越界并非是为了否定一切,也不是为了以暴力来分割世界,其实越界是一种认知方式,确定界限本身的存在,从而丰富对界限与未知的认识。

为了进一步说明界限与越界之间的关系,福柯用了黑暗与闪电的意象做了说明:“逾越与限制之间的关系并非黑与白、合法与违法、表与里、建筑物内部空间与外部空间那样分明。相反,它们之间的关系呈现出螺旋发展样态,非简单的越界可以穷尽。也许,就像暗夜的闪电,当闪电开始的时候,它自上而下、从内部照亮了夜空,但同时也给它所否定的暗夜以更加深沉、浓重的夜之黑。闪电本体自我彰显、自我损耗与泰然自若的独特性都有赖于暗夜。闪电自身消失在它标示主权的空间,在为它所刺

---

① Bataille, G. *Eroticism*. London: Penguin. 2001. p. 127.

② Jenks, Chris. *Transgression*. London: Routledge. 2003. p. 92.

③ 吴玉杏,《三言》的越界研究[D],台北:政治大学,2002。第 22 页。

④ Foucault, M. *Language, Counter-Memory, Practice*. tr. Donald F. Bouchard and Sherry Simon. New York: Cornell University Press. 1977. p. 34. Cf 陈永国,理论的逃逸[M],北京:北京大学出版社,2008。第 125 页。

穿的夜空命名后再次归于沉寂。”[①]闪电照亮黑夜而强化了夜的黑，而其自身也由于夜的黑而得到了加强，这是一对相互依存、相互强化的力量。但闪电在完成自己照亮黑暗的任务后，便消逝而归于沉寂，而被照亮过的夜又重新占据了空间，但这次的空间将不会是那个原初的空间，因为他已经得到了改造。“越界的行为开辟出一个新的空间或新的地带，它没有起源，没有终点，而只是一个生成的过程，蕴涵着众多可能性的一个开口。”[②]

从萨德、尼采、巴塔耶、福柯等人对情色越界、理性越界、道德越界的关注，可以看出，越界作为思想方法，为观察世界提供了一种向度。他们所关注的不是主体理性所提倡的系统的思想认识，而是探求越界思想产生的原因以及带来的后果；同时，他们也强调越界与界限之间的相互依赖关系，如果界限不存在，则不会有越界的行为，自然越界也无意义可言，但逾越界限不等于界限的消失，而只能是被波浪般的后起界限所取代，从而形成一个新的动态平衡。这种对社会现象的哲思慢慢也被引入到文学创作与批评领域内，成为后现代文学发展中一道独特的风景。

第三节　越界：一种书写策略

20世纪的文学创作，尤其是下半叶的文学创作，由于受到后现代主义思潮的影响，很多作家都把越界作为书写策略，用以表达自己的文学诉求，并取得了很好的效果。后现代理论大家詹明信在谈到后现代的特征时，便把书写的越界作为其中的一条：“这个后现代主义名单的第二个特征，是一些主要的界限和分野的消失，最值得注意的是，高等文化和所谓大众或者普及文化之间，旧有划分的抹掉。”[③]詹明信指出，界限与分野的弱化标志着社会多元开放状态的加强，而随着个体主义本身的终结，主体便被分裂瓦解，自然便会导致频繁的越界行为的出现。[④] 而越界书写在

---

① Foucaut, M. *Language*, *Counter-Memory*, *Practice*. tr. Donald F. Bouchard and Sherry Simon. New York: Cornell University Press, 1977. p. 35.

② 陈永国，理论的逃逸[M]，北京：北京大学出版社，2008。第126页。

③ 詹明信，晚期资本主义的文化逻辑[M]，张旭东编，陈清侨等译，北京：生活·读书·新知三联书店，2003。第398页。

④ 同上书，第398—404页。

文学创作和批评领域的风行，除了有赖于上文中提及的各位大家，还有赖于两位文艺理论家做出的卓越贡献。

上个世纪文艺理论界对越界概念的阐述始于心理分析学派的创始人弗洛伊德。弗氏在很多著作中都对逾越做过阐释，尤其以《图腾与禁忌》最为直接、最具代表性。在这部作品中，弗氏论及禁忌难以界定时指出：

> “禁忌”的意思，如我们所看到的那样，朝着两个方向发展。对我们而言，它在意味着“神圣”、“圣洁”的同时，也呈现出“怪异”、“危险”、“禁止”、“不洁”的特征。…… 这样，“禁忌”自身便给人一种不可触及的感觉，并且主要以禁止与约束的形式表现出来。我们常用短语“极度恐惧”在意思上常常和“禁忌”巧合。[①]

在弗洛伊德看来，禁忌便是禁止，最广义上的界限的代名词，意即文化加之于一系列可能发生现象身上的约束。而这些被禁止的事物，通常都会激发起逆反心理，进而演化为一种欲望的表达，从而为越界的发生奠定基础。也即是说，那些怪异的、被禁止的、处于界限之外的、不洁的、危险的事物，自身都受着同样强烈的欲望的推动。弗洛伊德认为这可以帮助揭示人类对良心的认识：

> 如果我的看法不谬，关于塔布的解释也能有助于人们认识良心(Conscience)的本质和起源。不必对这些术语的含义作任何的延伸，我们就可以谈及“塔布良心”(Taboo Conscience)，或者说是塔布被触犯后产生的一种塔布意义上的罪感(a Taboo sense of guilt)。塔布良心也许是人们所见到的良心现象的最古老形式。
>
> 那么，什么是“良心”呢？从语言的根据上看，它与人们“最确定地意识到”的事物有关。事实上，有些语言中用于表达“良心”和“自觉”(Conscious)这些概念的词语几乎不能区分开来。[②]

虽然弗洛伊德是从心理分析角度进行的阐释，但他在分析时，对文化内容的广泛应用，帮助读者意识到越界行为是发生在社会文化语境之内，所表征的是死亡与再生的双重关系：

---

① Freud, S. *Totem and Taboo*. London: Routledge & Kegan Paul, 1950. p. 18.

② 弗洛伊德，图腾与禁忌[M]，赵立玮译，上海：上海世纪出版集团，2005。第 86 页。

> 如果一个人成功地满足了他那被压抑的欲望,那么在共同体的其他所有成员中,这相同的欲望也必定被激发起来。为了压制住那些(被禁)诱惑,那遭人嫉妒的逾规者就必须被剥夺他从这种违禁行为中所受益的一切。而且,借着施行赎罪行为的掩饰,执行惩罚之人也会利用此机会去违反同样的禁忌,这种情况并非少见。事实上,这正是人类惩罚制度产生的基础之一;而且确切无疑的是,这种刑罚制度就是建立在这样一个假设之上的:即被禁冲动在犯罪者和复仇者共同体中是以同样的方式体现出来的。[①]

在弗洛伊德的文学批评实践中,对禁忌问题的深入思考,为文学批评又增加了"恋母情结"和"恋父情结"两个术语;这组术语正是通过潜意识中对伦理观念的逾越而实现的,反过来这两个命题又进一步加深了人们对潜意识中乱伦冲动的了解,并试图在理性世界中避免如是情况的发生。

另一位对越界概念进行阐释并取得重大成就的批评家是巴赫金,他从"狂欢化"视角对逾越进行了揭示。巴赫金坚持语言的对话性特征,肯定陀思妥耶夫斯基作品多声部对话的复调特征。这样,巴赫金就消解了语言的高低贵贱之分。正是由于意识到语言的这种性质,巴赫金才在阅读拉伯雷作品后描绘了一幅不同于日常交流的图景:"狂欢节期间等级观念的暂时休眠会产生一种不同于我们日常生活的交流方式。这会导致一种奇特的自由而坦率的市井话语和身势语的出现,使交流中的人没有任何间离感,从而帮助他们摆脱平时礼仪原则的限制。"[②]这样,"狂欢化"就作为对立于日常生活规范的概念呈现出来,但人人平等、无高低贵贱之分的狂欢过后,意即短暂的宣泄结束后,一切社会等级秩序依旧,甚至得到了进一步的加强,实现了新一轮的循环,所以说逾越的结束标志着新的越界行为的开始。弗洛伊德、巴赫金等人的文学思想启迪着文学批评家和作家,帮助他们逐渐意识到越界现象在(后)现代生活"再现"方面的重要意义,并自觉地把其纳入到自己的批评或创作视野中。

经过两个多世纪的传播与积淀,越界书写终于在 20 世纪的文学场中蔚然成为一道景观。虽然 20 世纪初的现代主义浪潮从根本上来说还是一场精英式的文学变革,但已经开始强调文学中个体内倾化趋势,心理现

---

① 弗洛伊德,图腾与禁忌[M],赵立玮译,上海:上海世纪出版集团,2005,第 90 页。

② Jenks, Chris. *Transgression*. London: Routledge, 2003. p. 165.

实主义开始取代原来的批判现实主义;创作手法不再拘泥于传统,表现主义开始代替再现与模仿说。而在表现对象上,现代派也开始强调人在社会中的疏离感、异化感,从而成为对立或游离于社会之外的他者,以"局外人、流亡者、精神贵族或刑事犯的身份向西方中产阶级体面社会的传统价值观念——宗教信仰、伦理观念、自由主义教育、商业文明、审美观和性道德等——进行全面的攻击。"①

而以异质性为其突出特征的后现代时期,对越界的理解更上一层楼,很多事物的发展都变得无所不用其极。表现在文学上,就是各种理论、各种创作手法不断涌现与更替。理论家们纷纷推陈出新,从理论的高度为后现代主义指出了方向。而荒诞派、新小说、元小说、黑色幽默、魔幻现实主义、拼贴、戏仿、互文性、零散叙事、熵等诸多文学创作手法与概念,给后现代普通读者打开了一个个潘多拉宝盒。这一时期的很多作家,凭借他们/她们独特的叙事手法与视角,赢得了身前身后名。

本书的研究对象、美国犹太作家菲利普·罗斯,作为后现代主义时期一位杰出文学代表,也无可避免地受到这种思潮的影响,创作的某些作品呈现出后现代主义特征。但罗斯并非一位纯粹的后现代作家,在他的作品中,罗斯表现出一种更为深沉、浓厚的民族文化历史情结,而用以实现这一主题的完美表达法就是借助越界书写,所以当我们阅览菲利普·罗斯的作品时,我们会发现越界在他的作品中成为一种常态,值得研究者关注。

---

① 袁可嘉,董衡巽,郑克鲁选编,外国现代派作品选(A卷)[M],北京:北京燕山出版社,2006。第3页。

第二章　罗斯越界书写的形成

菲利普·罗斯是一位自觉把逾越书写运用于小说创作，并孜孜不倦以求深入探究的作家，并藉此获得了文学创作上的“真实性与艺术权威”。[①] 罗斯的文学成就，在很大程度上，依赖于他实现了越界书写与所表达主题的完美契合。无论是其早期关注个体生存困境的家庭罗曼司式写作，还是在其后期超越了个体执著而转向更为宏大的历史文化叙事，越界书写都是其艺术成就的提实现途径。

菲利普·罗斯的早期创作并未遵从当时犹太文学应该遵循并发扬犹太传统的文化定式，反而以一种另类的书写方式——即越界书写，对犹太民族传统进行了扬弃与继承，试图在新的历史时代背景下，呈现出犹太人对自身特殊的身份定位与文化品性的独特认知，这在《再见、哥伦布》和《波特诺的怨诉》中表现得尤为明显。

罗斯早期除了小说创作外，还写了很多评论类的小品文、访谈，对这些文学批评内容的掌握是厘清罗斯早期创作思想的重要途径。研读罗斯的这类作品，读者不难发现，罗斯不仅是一位小说家，还是一位批评家，他对时代、民族、种族、文化的敏感性非常人所能及。在创作思想上，他敏锐地意识到同时代美国犹太作家被民族文化传统和新的时代特征所加之于身的限制与束缚，他无法认同少数族裔作家所秉持的“文学即文化宣传”的创作态度，认为这样的书写方式不能真正再现后大屠杀时代个体多样化的诉求，无法呈现一个真实、丰富、有血有肉的美国犹太人意象群体，不利于民族间的理解与和谐。因而罗斯在其批评思想中，亦逾越了美国犹太文学传统，以“反叛”的姿态发出了同时代美国犹太文学的强音。

---

① Greenberg, Robert M. “Transgression in the Fiction of Philip Roth”. *Twentieth Century Literature*, 1997(4): 487.

第一节　批评思想的越界书写[①]

作为"过去半个世纪美国小说界最重要的作家之一"[②]，菲利普·罗斯的重要性已获得学界和读者的认可；但"作为雄辩……批评家"的罗斯却仍未引起学界的足够重视。[③] 20 世纪 60、70 年代，罗斯充分审视美国犹太作家文学创作与所处历史语境间的有机互动，对美国犹太文学面临的困惑与挑战进行了阐释，揭示出当代美国犹太人在复杂的社会现实面前，在自我定位、自我认同、自我调节、自我追求等方面所面临的不确定性，丰富了人们对美国犹太文学的理解。

20 世纪 50 年代以来，美国社会现实的日益复杂化促成作家群体的分化，犹太作家们也从各自立场出发来"再现"这个繁杂的世界。这一时期划时代的事件是由"图像和瞬息时刻的二重奏"来取代"印刷文化的大厦"，预示着美国"娱乐时代"的来临。[④] 针对日趋复杂的美国社会，罗斯指出，美国社会在很大程度已经为大众媒体所左右，深邃而独立的思想已经为趣味所代替，因而超出了普通人的理解能力，导致"20 世纪中叶的美国作家疲于理解变化莫测的美国社会现实，并设法使自己作品具有可信性"[⑤]。而这样做会给作家造成极大的职业困扰，因为对他们而言，社会不仅是书写的对象，同时也是阅读群体安身立命的场所。对社会复杂性的不同反应引发了作家群体的分化：他们或成为畅销书作家，接纳荒诞的现实并与之融为一体，不再对国家生活中极端个人化的私属生活领域产生任何想象，抛弃对真、善、美的追求；或坚守文学的本质，用自己的作品为严肃文学的发展撑起一片晴空。罗斯认为，诺曼·米勒对社会现实的

---

① 这一部分相关内容以"文与时的对话——菲利普·罗斯早期批评思想概观"为题发表在《东北师大学报》2011 年第 3 期上。

② Cronin，Gloria，Berger，Alan. *Encyclopedia of Jewish-American Literature*. New York：Facts On File，Inc.，2009.

③ Brauner，David. *Philip Roth*. Manchester and New York：Manchester University Press，2007. p. 2.

④ 尼尔·波兹曼，娱乐至死[M]，章燕译，桂林：广西师范大学出版社，2009。第 69 页。

⑤ Roth，Philip. *Reading Myself and Others*. New York：Farrar，Straus and Giroux，1975. p. 120.

态度属于“出离愤怒”型，因其不仅从事写作，而且身体力行投身于社会的文化生活，成为文化大剧场的一名舞者，使文学成为社会文化的一个注脚，因而贬损了其创作的文学价值。对于严肃作家而言，书写这个时代已经变得越来越困难，但罗斯依然坚持，对历史时代的把握还应是严肃作家的题中之义，作家不应该对这个时代涉及政治与社会的宏大叙事失去兴趣，因为那会产生文学生产对象的缺失。对比塞林格和马拉默德的创作，罗斯指出塞林格强调“自我与文化”之间的互动关系，但最后却诉诸神秘主义；马拉默德沉溺于描写想象中犹太移民的生活状态，展现那些居无定所同时饱受压抑的纽约下东区犹太人的生活，对当下美国犹太人的焦虑、困境、腐化堕落却泰然处之。罗斯谈及他的创作倾向时说，“认为自我是权威的、神圣不可侵犯并稍显神经质，把自我想象为这个呈现不真实状态世界里唯一貌似真实的想法，会给我们的作家带来些许快感、慰藉和力量”①。

准确把握美国社会时代脉搏的同时，罗斯还时刻关注社会变化进程中美国犹太人的新体验、新认识、新变化。对于二战后美国犹太人而言，最大的震撼来自欧洲犹太人遭遇的“大屠杀”(Holocaust)。这场灭绝人性的种族主义暴行使他们在哀悼欧洲受难同胞的同时，也开始审视自身在美国的处境，并逐渐认识到，欧洲犹太人被杀戮的事实，使美国犹太人成为道义上的受害者，成为他们在美国主流文化中重塑自我形象、重申自我身份的有力武器，于是他们开始推动“大屠杀的美国化进程”②。“大屠杀”使美国主流文化因道义上的负疚感而对犹太人产生了态度上的变化，但也催生了一些犹太人不切实际的膨胀感与民族自豪感，导致了新的“定型化偏见”的出现：犹太人一夜之间成为文化宠儿，捍卫自由的勇士，一举甩掉了受难者的文化标签。犹太“新形象”的始作俑者，《出埃及记》(*Exodus*)的作者尤赖斯(Leon Uris)在谈及创作动机时指出，有些犹太作家对于犹太糗事涉及过多，所以他意欲拨乱反正，来塑造正面的形象。另一犹太作家哈利·戈尔登(Harry Golden)则致力于挖掘纽约下东区犹太人生活，描绘居民们如何从“隔都”穷苦移民到城郊中产阶级的发展历程，

① Roth, Philip. *Reading Myself and Others*. New York: Farrar, Straus and Giroux, 1975. p. 135.

② Sicher, Efraim. "The Future of the Past: Counter-memory and Postmodernity in Contemporary American Post-holocaust Narratives". *History and Memory*, 2002(2):56－91.

改写了 20 世纪早期犹太作家对下东区犹太移民生活状态与思想状态的书写，因而取得了巨大成功。

在罗斯看来，这样的作品之所以能大行其道，主要源于美国犹太人自我塑型的神话：那些在美国取得成功的移民都是犹太人的英雄楷模。他们作品中对温情的描写，适应了"犹太感伤主义"（Jewish emotionalism）的需要，而他们作品中标榜的犹太社区成员在面对迫害时流露出的同胞之情和家庭成员之间的幸福感，则使犹太人不再以受迫害者的形象出现，因而减轻了白人主流社会良心上的愧疚感：如果受害者不再是受害者，那么施暴者也就无所谓暴徒了。

对此，罗斯难以苟同，因为这意味着对犹太人和犹太历史的不尊重，所能导致的直接后果就是"对赤裸裸、毫无意义、魔鬼般恐怖的大屠杀记忆本身、和对六百万犹太人被屠杀的事实的抹煞"[①]。罗斯引述特里林对美国生活的描述，"反社会的不断被社会化……反文化的不断被归化……颠覆性的不断被合法化"来说明他对美国犹太经历的关注点："我关注身边不断发生的旨在消除差异的现象，关注那致命的'容忍'，即旨在剥夺那些异于、游离于、或反抗权威的人（的权力）。"[②]借此，罗斯道出了他所顾虑的犹太人自身合法性的问题，即身处一个本质上对种族差异极度敏感的国度，犹太人如何才能在吸收主流文化的同时，保持自身的特性，而不是在经意或不经意间被归化掉，被纳入到体制的轨道内而最终丧失了作为一个族群所应具有的民族特性。对于战后犹太族裔过于乐观的自我肯定，罗斯有着深刻认识并提出批评。虽然罗斯的思想背离并逾越了当时犹太族裔的主流文化语境，并不为其族群所理解和接受，但罗斯对此情结的超越，为其深入思考这一话题创造了条件，帮助他发出了振聋发聩的声音。

那么究竟怎样才能在新形势下实现切合实际的自我认同呢？罗斯的答案是与时俱进，勇于自我表达。回顾自己的创作历程，罗斯指出犹太社区误解误读其作品的主要原因在于犹太传统与当代美国犹太视角之间存在着的巨大差异："有时候，在我感受到力量、勇气或者冲动的地方，他们看到的却是弱点；我认为根本无需感到耻辱和进行防范的地方，他们却有

---

① Roth, Philip. *Reading Myself and Others*. New York: Farrar, Straus and Giroux, 1975. p. 145.

② Ibid., p. 145.

如是感觉并加以防范。"[1]正如布鲁姆所概括的那样,对于罗斯而言,现代美国犹太人痛苦的主要来源是"难以满足的规诫森严的传统期待与我们当下生活方式之间的不对等性"[2]。在罗斯眼中,文学创作不能等同于宣传品:"虚构性写作并不是为了证明每个人所坚守的原则与信仰,也非保证我们情感的合宜性。虚构的世界实际上可以使我们免于社会加诸于情感的限制;此种艺术的伟大之处在于,它允许作者和读者对人们并非每天都可以经历的生活经验做出反应。"[3]如此一来,读者便可以对自身存在做不同层面的价值判断,并无须执著于所做判断是否符合社会规范的内容。暂时放弃卫道士身份会使读者进入另一种意识领域。

罗斯强调文学不等于社会学研究。读者试图在文学作品中寻找正面样本的努力是徒劳的,因为文学作品所关注的绝非那些散布于作家身边的鸡零狗碎,相反,文学作品更注重深度思索。罗斯认为当别有用心的人以某些事实来炮制针对犹太人的歧视和定型化偏见时,作家必须站出来对这些事实进行深层次的挖掘与剖析,承认它们所具有的合性理性与价值,而非听由误入歧途或用心险恶的人大肆推销这些片面判断。罗斯强调指出,如果少数族裔社群不能自我表达,自我肯定,自我伸张,而由那些怀有"恶意"的人来操纵话语权,最终只能导致犹太人对他们的归附与投降,所以罗斯建议道:"(问题的)解决之道不在于努力使人们喜欢犹太人,因而不再想屠戮他们;相反,重点在于要让他们知道,即使极其鄙视,他们也不可能杀掉犹太人,"要把"植根于犹太人心中的忍让心理——顺应、耐心、隐忍、无声、自我否定——坚决摒除,直至对任何限定自由行动的唯一回应变成'不,我拒绝'"。[4] 罗斯最终落脚于真实犹太人状况"再现"的合理性与迫切性:"各种定型化偏见的出现既是反犹偏见的结构,也是由于人们对犹太事物不了解所致;由于担心'异族人'(gentiles) 对犹太人的定型化偏见而致力于使犹太人游离于想象之外的做法,只能引发更多关于犹太人的新偏见与新歧视。"[5]所以,当代美国犹太文学的关键在于,以艺

---

① Roth, Philip. *Reading Myself and Others*. New York: Farrar, Straus and Giroux, 1975. p.150.

② Bloom, Harold. ed. *Philip Roth*. NY: Chelsea House Publishers, 1986. p. 2.

③ Roth, Philip. *Reading Myself and Others*. New York: Farrar, Straus and Giroux, 1975. p. 151.

④ Ibid., p. 164.

⑤ Ibid., p. 166.

术手法呈现生活在美国的犹太人的真实状况，而非以永恒的受难者和当代文化英雄的面具示人。

而谈及当代美国犹太人生活的艺术再现问题，不可避免地就要牵涉到当代美国犹太文学中的犹太人形象问题。对此，罗斯也通过分析自己和其他几位重要美国犹太作家的作品来进行阐释。罗斯直言《波特诺的怨诉》(*Portnoy's Complaint*)带给他的声名并非如其所愿。上世纪50年代依然是推崇詹姆斯式"道德严肃性"的时代。崛起于此时的罗斯所期待的文学声誉，是托马斯·曼《威尼斯之死》中阿申巴赫所提倡的荣光。

事与愿违，《波特诺的怨诉》带来经济效益同时，还给罗斯带来讨伐声一片。谈到这部小说的畅销，罗斯认为这要得益于其越界书写手法的运用，即以自白形式写就的小说却被读者当做小说形式的自白来看待和评价："我确实从人生阅历中汲取素材来丰富想象力，但这并不意味着我在随意暴露自己、表现自己或者言说自我。如此做，是因为可以发现自我、发现诸多的我以及不同的我所处的不同世界。把众多与我创作相似的作品标示为'自传'或者'自白'的做法，不但掩盖了它们虚构的本质，而且，恕我直言，通过把它们标榜为自传性作品，弱化了那原本使读者感觉极度不安的因素。"①

罗斯指出，犹太人在世人面前谨小慎微、彬彬有礼，已然成为当时犹太人、犹太社区和白人主流社会共同认可的潜规则，而波特诺的自白却向读者展示出一个违反常规、背叛家庭秩序、过度执著于性行为的犹太小子形象，这无形中构成一种强烈反差，促使读者们去思考，使他们意识到在当时的语境下，以善于顺应、压抑自我著称的犹太人也呈现出反社会、言语粗俗并兼具攻击性的特征，他们是否也该认真思考他们在新时期的社会适应性问题。

关于文学想象中犹太人的形象问题，罗斯也通过对其他几位作家作品的分析做出了阐释。罗斯首先从索尔·贝娄入手，认为他笔下人物充当"良心剧场演员"时犹太性最鲜明，因为此时他们完全接受原则或美德控制；但位于小说中心的却是无尽的欲望和力比多(libido)冒险激情。罗斯指出，贝娄并非着力表现传统犹太性在人物身上的表现，相反，他更致力于揭示当代美国犹太人身上显露出来的美国特性，因此，罗斯认为贝娄

---

① Roth. Philip. *Conversations with Philip Roth*. eds. Searles, G. J. Jackson and London: University Press of Mississippi, 1992. pp. 121—122.

激励了美国本土出生的犹太作家们对身边经验世界的无穷探究。另一位犹太作家马拉默德的小说则如"道德寓言",致力于表现犹太"受难"主题,描绘一些"天真、被动、德行高尚"的犹太形象来对比那些"堕落、暴力、色情的"美国异族人形象。[1] 谈及自己笔下犹太人物形象,罗斯表示他不认可那种视文学创作为文化宣传的态度,并不为所谓的"文化立场"所累,不接受那些粗俗、病态的指控。罗斯指出,20 世纪发生在犹太人身上的历史事件"已经使'犹太人何谓,犹太人何为?'成为美国犹太想象中的头等大事,而这神圣使命已远非几个美国犹太作家所能轻松胜任"[2]。立足于自身的文学创作,罗斯强调,他的作品在于表现社会语境中想做回自我的人的困惑,即"想象那些处于想象中的犹太人(imagining Jews *being* imagined)"[3]。

面对 20 世纪中叶以来,风潮云涌、复杂性已经超越传统思维理解能力的美国社会,菲利普·罗斯敏锐地觉察到美国犹太文学与社会历史文化语境之间的张力关系,并自觉把其纳入自己的批评视野予以阐释。撮其要以概之,罗斯提醒同时代美国犹太人不应轻易忘记大屠杀苦难记忆,指出有效阻止此类事件不再发生的手段不在于使犹太人游离于主流的想象之外,而在于犹太人不断的自我展示、自我张扬,唯如此才能使美国犹太人不再成为种种偏见的受害者;这已成为罗斯内化了的文学观并被其投诸文学实践,取得了丰硕的成果。

第二节 小说创作的越界书写

自菲利普·罗斯登上美国文坛,发表作品开始,读者们便发现,罗斯笔下的犹太人物已经不是传统意义上的犹太人形象,他们不再是坚忍的受难者,不再是为了融入美国社会而奋力拼搏的移民,也不再是秉承犹太传统的信仰卫士,相反,更多的时候,他们背离了犹太家庭、背离了犹太社区、背离了犹太传统价值观念,以超越界限的形式,宣示了新时期美国犹

① Roth, Philip. *Reading Myself and Others*. New York: Farrar, Straus and Giroux, 1975. p. 231.

② Ibid., p. 245.

③ Ibid., p. 245.

太人,尤其是接受美国教育与文化观念的新移民们,由于意识到自身民族属性的特殊性,在主流社会认同和美国梦追寻方面所面对的困惑与苦恼。对他们而言,上述问题的解决,在很大程度上,取决于他们是否能够突破犹太传统的束缚,以一种自由的状态融入到美国的社会文化生活中,从而实现由边缘向主流的正向流动,最终平等地参与到美国文化生活的构建中去。但事实证明,这些人物的努力虽然可以使他们暂时摆脱烦恼,体味到梦想实现的乐趣,但事情的发展表明,这些越界行为往往会带来更深层次的精神创伤,使他们意识到民族文化传统这已经被内化了的、看不见的手,还在那里隔空指挥,如木偶操纵者一样,牵动着这些具有“反抗”精神的“犹太浪子”。

罗斯早期作品中,犹太个体形象反抗家庭、社区和社会的规训而最终却被归化的越界书写方式,在他的第一部作品集《再见,哥伦布》中已初露端倪。这部集子由一部中篇小说和5部短篇小说构成,他们分别是同名中篇小说《再见,哥伦布》,短篇小说《犹太人的改宗》(“The Conversion of the Jews”)、《信仰的捍卫者》(“Defender of the Faith”)、《爱泼斯坦》(“Epstein”)、《世事难料》(“Distant Memories”)和《艾利,狂热者》(“Eli, The Fanatic”)。阅读这部集子,读者会发现,几乎每部作品中都包含着越界书写的影子。这种情况在《波特诺的怨诉》达到了顶峰,其书写内容不但有悖于犹太文化传统,而且其对性的执著与直白描写极大的震动了美国犹太人,赢得了“脏书”的名声,而罗斯也获得了“脏书”作家的“雅号”。[①] 鉴于这两部作品在罗斯早期文学创作中所引发的争议以及他们自身的重要价值,本研究将结合这两部作品,具体阐释罗斯早期越界书写所表征的逆向性认知方式。

《爱泼斯坦》是集子中的一篇,讲述了一个犹太通奸者的故事。犹太商人爱泼斯坦无子继承家业,致其异常郁闷,而家庭生活中的日常琐事,也使他情绪低沉。最终,爱泼斯坦逾越道德的底线,堕入婚外情者的行列,希望以此来弥补家庭生活的不如意。但惩罚随之而来,以“疹子”的形式出现在爱泼斯坦的私处,并引发家庭伦理审判,最终导致爱泼斯坦心脏病发作。小说的结尾,爱泼斯坦妻子戈尔蒂决定把女儿希拉嫁给她的未婚夫民歌手,由他来接管公司的经营,并决定爱泼斯坦退休后,两个人去旅游散心。而作为婚姻越界罪证的“疹子”在戈尔蒂的请求下,最终也将

① Rodger, Bernard F. *Philip Roth*. Boston: Twayne Publishing, 1978. p. 80.

被医生彻底治愈。情节发展过程中，强势的爱泼斯坦丧失了其传统地位与权威，被戈尔蒂取而代之。由此可见，爱泼斯坦的越界行为造成的后果反而是对传统婚姻模式的回归与认可，使人们对家庭生活有了新的体会与认识。罗斯对爱泼斯坦这个人物形象做过如此总结："在小说中描写一个有婚外情的男人并试图证明我们对他的指责是正义的，这不是我的目的。我写一个婚外情男人的故事，是为了揭示这个男人身处的困境。如果这个有婚外情行为的人恰巧是一个犹太人，那么我便是在揭示这个有婚外情的犹太人所面对的困境。"[①]正是对所处困境的认识和对脱离困境的渴望，导致了爱泼斯坦越界行为的发生与发展。当然，摆脱困境的手段还是要受到社会规训的监督，否则便会导致因随心所欲而逾矩的后果。

在中篇小说《再见，哥伦布》中，罗斯通过对主人公尼尔·克勒门与布兰达·帕丁金情感经历的描写，把关注点转向美国犹太文化传统与已同化的犹太中产阶级行为之间的矛盾。尼尔是一个出身贫寒的犹太青年，在纽瓦克图书馆工作，故事发生时正客居于舅父家。舅妈格拉迪斯是典型的犹太母亲形象，对内尔关心备至，在生活细节上更是不厌其烦地进行训导，期望尼尔日后成为一个体面的、有教养的犹太绅士。但舅母喋喋不休的个性与一成不变的生活方式引发尼尔强烈的反感，他渴望冲破舅父家所表征的犹太传统的束缚，以一种不同的方式融入到美国社会中去。与犹太富商女儿布兰达的相识，为尼尔摆脱寒门背景、晋身中产阶级创造了条件。但对于布兰达及其家庭的犹太背景，格拉迪斯舅妈持怀疑态度："犹太人打哪时起住在肖特希尔斯的？我想他们不是犹太人？"[②]因为在她眼中，那些从犹太人聚居区流散出去、生活在城郊的中产阶级犹太人，虽然在经济上是成功的，但他们却因背叛了犹太人的流散传统，在道德上是堕落的。这样家庭的女孩不应该成为尼尔的交往对象。

但对美国现代生活充满憧憬的尼尔，无法认同舅妈的传统价值观念和生活习惯，在他眼中，"郊区的地面比纽瓦克只高了80码，却使人感觉更接近天堂，太阳似乎更大、更低、更圆。"[③]正是在这种渴望的激励下，尼尔开始逾越犹太传统加之于身的束缚，试图以情欲的越界来实现他的理

---

① Roth, Philip. *Reading Myself and Others*. New York: Farrar, Straus, and Giroux, 1975. p. 152.

② 菲利普·罗斯，再见，哥伦布[M]，俞理明，张迪译，北京：人民文学出版社，2009。第52页。

③ 同上书，第6页。

想与诉求。

在与帕丁金一家两周的相处时光中，尼尔大部分时间都与布兰达缠绵在一起，纵情于情色的海洋而无法自拔。为了既能享受爱欲而又不必承担爱欲所带来的后果，尼尔要求布兰达戴子宫帽。在犹太文化传统中，只有已婚的妇女才会使用这种避孕工具，这自然遭到了布兰达的消极抵抗。对于尼尔和布兰达两个人而言，性成为他们反抗犹太家庭束缚的手段，而这种建立在性爱基础上的爱情关系是不稳固的，对此尼尔深有感触，自始至终，他“都因害怕失去布兰达而焦虑不安，因而对布兰达表现出很强的依赖感”①。

子宫帽最终被布兰达的母亲在家中发现，断送了尼尔与布兰达之间并不稳定的恋爱关系。面对尼尔的指责，布兰达也奋起反驳：“不就是你一开始就数落我？还记得吗？……你一直表现得我好像每时每刻都要从你身边逃掉。现在你老毛病又来了，又说我是故意把那东西放上的。”②尼尔表现出的对布兰达的依恋与指责，在很大程度上，是其对自身社会地位不自信使然，而正是这种不自信促使他间离于犹太家庭与犹太社区，希望能够藉布兰达而上位。

但与布兰达家人的相处，却使尼尔对这个家庭所表征的犹太中产阶级价值观有了一个新的认识。正如伯科维奇所言，帕丁金一家是“居住在城郊的少数族裔聚居区内，还没有失去粗犷的锐气或者历史根基的犹太人。他们的生活既具有犹太人的滑稽色彩，又不失美国人的刻板模式”③。他们虽然拥有豪宅、装满食物的冰箱、奢华的婚礼，但这些表象却无法掩盖他们“暴发户”的精神状态。虽然帕丁金先生凭借自己的打拼，积累下丰厚的资产，但他的根基还是在纽瓦克，他还要在那里为了生意而奔波。为了子女能够更好地融入到美国社会，帕丁金让他们接受最好的教育，让他们从事各种运动以培养他们的气质。为了去除犹太人外貌上的特征，他还出资让布兰达兄妹接受鼻子手术。所有的这一切表明，虽然帕丁金一家在经济上已经上升到中产阶级行列，但他们的粗粝的语言与

① Rudnytsky, Peter L. "*Goodbye, Columbus*: Roth's Portrait of the Narcissist as a Young Man". *Twentieth Century Literature*, Spring 2005. p. 26.

② 菲利普·罗斯，再见，哥伦布[M]，俞理明，张迪译，北京：人民文学出版社，2009。第127页。

③ 萨克文·伯科维奇主编，剑桥美国文学史(第七卷)[M]，孙宏等译，北京：中央编译出版社，2005。第137页。

行事风格，却远未使他们在精神与气质类型上上升到中产阶级的层面。

尼尔为犹太中产阶级生活方式所吸引，不惜以牺牲犹太传统为代价去为之奋斗。但这种越界行为并没有带来他希望的结果，反而使他意识到他与帕丁金一家为代表的犹太富人之间在思想方法上无法调和的对立，而以舅妈为表征的犹太传统亦非其所好，所以在小说的结尾，罗斯写道："就在犹太新年的第一天，太阳冉冉升起之时，我搭上了去纽瓦克的列车，提前回到了工作岗位。"[①]这表明，处于顿悟状态的尼尔一定会以一种全新的、更有建设性的方式开始新的人生之旅。

罗斯于1969年出版的《波特诺的怨诉》更是把越界书写发挥到了极致。小说以主人公亚历山大·波特诺向其心理医生施皮尔沃格倾诉自己的烦恼来展开情节，揭示了一位在美国出生成长的犹太移民二代，在民族文化传统的束缚与美国主流文化的吸引之间摇摆不定，无法获得一种令自己满意的身份属性的痛苦经历。

作为犹太移民的后代，波特诺清楚地知道美国反犹主义的存在。他的父亲在一家人寿保险公司上班，为了业绩，整日里走家串户，兢兢业业地工作。但美国社会对这样一位敬业的保险推销员的态度却远非友好，"他们嘲笑他，贫民窟的人也嘲弄他。根本就不听他说话。听到他来敲门，他们便把空罐头盒一类的东西扔向他，大吼大叫：'滚开，没人在家。'他们甚至放狗出来，让它来咬这个固执的犹太人"[②]。

反犹倾向的存在使犹太人更加注重犹太传统的保持，而这一过程通常是由犹太母亲来执行的。在犹太传统中，存在着犹太身份从母不从父的传统，因而，母亲的意象在很多犹太文学作品中，便成为犹太传统的代言人与表征者。对于波特诺而言，母亲所代表的犹太传统颇有过犹不及的味道。

为让儿子有一个强健的体魄，母亲挥着面包刀逼迫儿子吃掉更多的食物；为让儿子成为一个品德上无亏的犹太绅士，母亲对波特诺犯下的错误采取零容忍的态度（虽然很多时候波特诺自己并不知道错在哪里），会暂时地将波特诺"打包"并扫地出门。面对上锁的门闩，波特诺只能就范，向母亲一再保证以后会好好表现，以换取被家庭重新接纳的待遇。母亲

---

① 菲利普·罗斯，再见，哥伦布[M]，俞理明，张迪译，北京：人民文学出版社，2009。第128页.

② Roth, Philip. *Portnoy's Complaint*. London: Vintage, 1999. p. 8.

的强势深深地烙在波特诺的脑海中，使他自上学之日起，便认定所有的老师都是乔装改扮的母亲，是母亲的一个变体而已。一直处于母亲监控状态下的波特诺，感觉到自己有把母亲的规训内化为自身行动准则的趋向，“在波特诺的记忆里，父母成为无处不在的法官，一个无时不出现在脑海中的心理梦魇”[①]。

哪里有压迫，哪里便有反抗。处于家庭重压下的波特诺，以自己的叛逆行为来表达自己对家庭和犹太传统的不满，其方式便是逾越社会中的性禁忌，以无节制的手淫和性的发泄来发起挑战。手淫是波特诺青少年时代反抗的武器，在反锁的洗手间、在学校、在电影院，都曾留下他的身影，他甚至把自己的精液射在为晚餐准备的猪肝上。成年后波特诺则把性冒险作为自己的新手段，以勾引白人女子作为突破口，“与其说我想和这些美国女孩上床，不如说我更关注她们的背景——借助性爱，我能够发现美国，征服美国——更为合适”[②]。对波特诺而言，“无法抑制的爱欲是波特诺的终极武器，是他与各种约束进行斗争的利刃”。[③]

但是，手淫与性冒险只是波特诺宣示不满与反抗的一种手段而已，在其内心的深处，他深深地感受到这种道德上的越界所带来的负疚感与罪愆感。正如评论家所言，波特诺“一直为传统的道德和犹太的习俗所折磨，他时时感受到内疚而自责”[④]。而这种自责恰恰是他已然内化了犹太传统的表现，是他无法摆脱的身份印记。

性的越界无法真正地把波特诺从种族与身份的困境中解救出来。最后他来到了犹太人的“应许之地”以色列，希望在这里能够找到真正的归属感。但在那里，他并未找到已然失落的自我，相反，在与一位以色列女性的交往中，他丧失了性功能，证明了以色列也不是他的期许之地。

道德的越界给波特诺带来的后果已经不仅仅是身份错置感的存在，还表现为更为深层的精神伤害。小说采用病人与心理医生对话式的叙事方式即已表明，自白者波特诺在精神方面受到了很大的刺激与伤害，已经到了无法自我排解、只能通过心理干预的方式来进行缓解的程度，这在一

---

① 刘洪一，走向文化诗学——美国犹太小说研究[M]，北京：北京大学出版社，2004。第105页。

② Roth, Philip. *Portnoy's Complaint*. London: Vintage, 1999. p. 235.

③ Pinsker, Sanford. *The Comedy That "Hoits": An Essay on the Fiction of Philip Roth*. Columbia: University of Missouri Press, 1975. p. 65.

④ 黄铁池，当代美国小说研究[M]，上海：学林出版社，2000。第324页。

个侧面揭示出挣扎于族裔传统与主流话语场域之间的美国犹太人的生存困境：

> 这就是我的生活，我唯一的生活，我生活在犹太人的玩笑中！我是犹太玩笑中的儿子——但他根本就不是一个玩笑！请告诉我，是谁把我们搞得这样失去活力？是谁把我们搞得如此病态、神经和孱弱？他们为什么还在吆喝“小心！别动！亚历山大——不行！”为什么我独自一人在纽约躺在床上，为什么我还在绝望地手淫？医生，你怎么来称呼我的病？这就是我曾经说过的犹太人的痛苦？这就是从大屠杀和迫害遗传到我这儿的吗？……①

生活在犹太传统与美国主流话语夹缝中的美国犹太人，其处境由此可见一斑。

正如罗斯所坦言的那样，早期的他还不具备把握宏大视域的能力，所以他这一时期的作品更多地围绕“陷入困境”的个体来展开，没有脱离家庭罗曼司的范围。由于罗斯经常把想象力置于其个人生活经历基础上，所以很多读者认为其逾越了小说与自传之间的界限，摇摆于两个世界之间。而这可能正是罗斯刻意为之的，唯有如此才能从这种转换中获得作家应得的乐趣。罗斯前期创作不但在主题内容方面逾越了犹太文化传统与小说创作惯例，而且也在创作技法方面做了很多突破，像《我作为男人的一生》等作品，都可以看到罗斯受后现代思潮的影响，采用了一些典型的后现代技法以取代传统的叙事模式，增加了文本的表现魅力，为罗斯存在于后结构主义时期提供了合法性。

随着阅历的增加、思想的沉淀，罗斯的视域越发开阔起来，渐渐地，他把目光转向更为宏大的民族、历史、文化叙事，找到了进一步发挥自己天分的领域。《反生活》于 1986 年问世，这部颇具突破性的著作为罗斯的后期书写生涯揭开了新的篇章。而在这一阶段中，越界书写依然占据着其创作的中心，不同的是它的内涵已经被充分地拓展延伸，这就是我们在下几章中要谈的问题。

---

① Roth, Philip. *Portnoy's Complaint*. London: Vintage, 1999. pp. 36—37. Cf 高婷，超越犹太性——新现实主义视域下的菲利普·罗斯近期小说研究[M]，北京：光明日报出版社，2011。第 43 页。

第三章　罗斯后期小说中的越界书写:逾越

法国文艺批评家托多洛夫(Todorov)对于越界问题,曾经做过如下论断,“为了保持其自身的存在状态,越界需要一个规则——即那个要被违反的规则。”[①]换言之,越界必须要通过对既定的规则、律令、传统等的反抗与逾越来实现,并藉此实现讽谏的效果。

对于菲利普·罗斯而言,越界书写已然是他创作生涯中的一种常态,是他把握时代脉搏、与时俱进的创作理念的集中反映,对那个“规则”的僭越也自然成为了题中之义。罗斯早期作品中的越界现象,通常始于家庭生活,主要表现为代际冲突,但并非局限于代际冲突,不然罗斯也不会成为一位文学大家。罗斯还有更高层面的社会、心理、文化关注。波特诺把对“异教徒”女性的追逐与占有看做是“征服美国”的行为,塔诺波尔与出身于新教家庭但生活一团糟的女性通婚用以反叛安逸稳定的犹太出身,祖克曼通过越界创作收获了财富与声望但却对商业成功耿耿于怀,“这些人物感到,只有通过越界行为,才会对文化对抗构成有力的挑战,进而更加充分地界定他们的身份”[②]。

随着创作经验的丰富与创作手法的娴熟,菲利普·罗斯的创作视域渐渐突破了对个体自我命运的执著,开始把眼光放到更为宏大的社会话语场中。从此,他的小说创作迎来了一个新的高峰,创作了一系列影响力较大的作品,它们也是本书越界研究所要重点考察的对象,主要包括《反生活》(*The Counterlife*, 1986)、《夏洛克行动》(*Operation Shylock*, 1993)、《美国牧歌》(*American Pastoral*, 1997)、《我嫁给了共产党人》(*I Married a Communist*, 1998)、《人性的污秽》(*The Human Stain*, 2000)、《反美阴谋》(*The Plot Against America*, 2004)以及《复仇女神》(*Nemesis*, 2010)。之所以选择这些作品进行阐释,主要是鉴于它们的文

---

① Todorov, Tzvetan. “The Origin of Genres.” *Modern Genre Theory*. ed. David Duff. Harlow: Longman, 2000. p. 196.

② Greenberg, Robert, M. “Transgression in the Fiction of Philip Roth,” *Twentieth Century Literature*. 1997(4): pp. 487－506.

学价值及其在罗斯后期创作中的重要意义。

作为越界研究的素材，菲利普·罗斯后期创作的这些作品在哪些方面逾越成规定呢？通过细致地研读我们就会发现，罗斯在写作时，将人们长久以来所普遍接受的、已然内化了的思想认识作为自己逾越的对象，并试图通过书写这种越界行为本身，来提醒世人关注这些思想观念背后的潜在话语所拥有的强大影响力。归结起来，罗斯后期作品主要从意识形态和犹太意识两个方面，向传统的、旧有的认知方式发起挑战。

第一节 意识形态

据雷蒙·威廉斯(Raymond Williams)考证，意识形态(ideology)一词最早由法国哲学家特拉西(Destutt de Tracy)于1796年创造，法文词原型为idéologie，其意义是"观念学"，即研究人类观念的学问。具体而言，就是"强调感觉在知识构成上的重要作用，认为人的观念、思想不过是经过细心加工的感觉，是神经系统的一种活动；由此，它反对从天赋观念与内在原则出发阐述知识的构成，不满于后者在知识论上的神秘性"[①]。这种观点可以与泰勒的解释互为印证："…… 意识形态，或称作思想的科学，其目的是区分其与古代形而上学的不同。"[②]正如威廉斯所说，这种在学科意义上对"意识形态"这个概念的使用，直到19世纪末期才停止。

伊格尔顿(Terry Eagleton)则强调"观念学"这个概念"是在精神层面进行的资产阶级革命；它立志从平地重建精神，解剖我们接受和组合感觉材料的方式，以使我们介入这一重建过程并使它朝着我们希望的政治目标前进"[③]。如此阐释已然把这一概念由纯然的学科概念提升到政治术语的层面，与我们当下对这一术语的理解有了相通之处。马克思、恩格斯在相关著作中也对意识形态概念进行过阐释，为这个词的外延增加了维度：

① 邱晓林，意识形态[A]。见 王晓路等，文化研究关键词研究[M]，北京：北京大学出版社，2007。第102页。

② 雷蒙·威廉斯，关键词：文化与社会的词汇[M]，刘建基译，北京：生活·读书·新知三联书店，2005。第217页。

③ 特里·伊格尔顿，历史中的政治、哲学、爱欲[M]，马海良译，北京：中国社会科学出版社，1999。第80页。

> 如果在全部意识形态中人们和他们的关系就像在照相机中一样是倒现着的，那么这种现象于是从人们生活的历史进程中产生的，正如物象在眼网膜上的倒影是直接从人们生活的物理进程中产生的一样。[①]

而出现这种倒置的原因在于，意识形态具有很强的社会实践性，它的内涵具有一种欺骗性，是对现实社会中不同阶级间矛盾冲突的一种掩盖与遮蔽，而如此做的直接目的就是对特定阶级利益的保持与维护。所以马克思恩格斯断言："统治阶级的思想在每一时代都是占统治地位的思想。这就是说，一个阶级是社会上占统治地位的物质力量，同时也是社会上占统治地位的精神力量。"[②]这样，马克思恩格斯对于意识形态这一概念的态度就呈现一种批判的态势。

列宁从革命实践出发，指出无产阶级和资产阶级意识形态之间的不同，从而帮助苏联无产阶级用自身阶级意识来武装自己，在革命、建设实践中处于主导地位。对此，J. 拉雷曾指出，"对于列宁来说，意识形态成了关系到不同阶级的利益的政治意识，他特别把探讨的重点放在资产阶级的意识形态和社会主义的意识形态的对立上。因此，在列宁那里，意识形态涵义的变化过程到达了顶点。意识形态不再是取消冲突的必然的扭曲，而是成了一个涉及阶级（包括无产阶级）的政治意识的中性的概念。"[③]

20 世纪西方马克思主义理论家也都对意识形态概念做过阐释与发挥。对阶级社会处于主导地位阶级的话语权力，葛兰西（Antonio Gramsci）提供了一个极为精当的术语，即霸权（hegemony）。

葛兰西认为，意识形态就是"一种含蓄地表现在艺术、法律、经济活动以及个体与集体生活中的世界观"[④]。既然把意识形态提升到世界观这个层面，就决定了社会个体的主体性恰恰是在意识形态的影响下建立起来，而这种主体性又导致了个体在社会语境中会依照意识形态规定的逻

① 马克思，恩格斯，马克思恩格斯全集（第三卷）[M]，北京：人民出版社，1972。第 29－30 页。

② 同上书，第 52 页。

③ Cf. 俞吾金，意识形态论[M]，上海：上海人民出版社，1993。第 205 页。

④ Gramsci, Antonio. *Selections from the Prison Notebook*. London: Lawrence & Wishart, 1971. p. 328.

辑来行事。

葛兰西坚持意识形态是一定社会群体共同愿望的表达，是一种“有机的意识形态”(organic ideologies)。为了进一步阐发他的思想，他又把社会区分为两个层面，即市民社会(civil society)与政治社会(political society)。市民社会主要由政党、工会、教会、学校、学术文化团体及各种新闻媒介构成；政治社会则由军队、法庭、监狱等暴力机关构成。[①] 对葛兰西而言，西方资本主义社会的统治秩序并非是依靠暴力机关的威慑而得以维持的，而是由资产阶级知识分子所创造和传播的意识形态来维系的。在此过程中，市民社会的舆论监督作用功不可没。他们通过对特定思想内容的强调与普及，使这些思想内涵为人民所接受和内化，从而成为他们自我约束的一种无意识力量。资产阶级知识分子在这个过程中采取了一种文化霸权行径，通过对特定思想的扬与抑，达到了维护资本主义社会长治久安的目的。

阿尔都塞(Louis Althusser)吸收并发展了葛兰西市民社会理论内核，对马克思主义意识形态理论做了进一步的发挥。对于阿尔都塞来说，意识形态是“个体与其真实存在的条件的想象性关系的一种‘表征’”：

> 人们在意识形态中“向自己表述”的，并不是他们的真实存在条件，他们的真实世界，最重要的是，在那里得到表征的他们与那些存在条件的关系。正是这种关系，处于对真实世界的意识形态的，也就是想象性的表征的中心。正是这种关系，包含必须解释真实世界的意识形态表征的想象性扭曲的“原因”。或者确切一点，把因果关系的语言搁到一边，必须展开这么一个命题：正是这种关系的想象性的本质，成了我们可以在意识形态整体中观察到的(如果我们没有生活在其真实中)，所有的想象性扭曲的基础。[②]

通过强调这种表征关系，阿尔都塞把“意识形态的内涵变成对现实的一种想象性的表征关系：它是虚假的，并受到对其进行说明的语言的扭

---

① Gramsci, Antonio. *Selections from the Prison Notebook*. London: Lawrence & Wishart, 1971. p. 12.

② 路易·阿尔都塞，意识形态与意识形态国家机器[A]。见 斯拉沃热·齐泽克，泰奥德·阿尔多诺等，图绘意识形态[C]，方杰译，南京：南京大学出版社，2002。第161，163页。

曲”[①]。对此,特里·伊格尔顿也评论道,意识形态不是“一套教义”,它“表示人(原文如此)栖居于阶级社会的角色以及按照社会功能把他们联系在一起的价值、观念、形象中生活的方式,并因此而阻碍对作为总体的社会的真实的认识”[②]。但无论如何的虚假、如何的扭曲,人毕竟生活于意识形态笼罩下的各种关系中,所以人“天生就是一种意识形态动物”,其主体性正是在这种氛围下形成的:

> 主体的范畴是总体意识形态的构成要素,但同时我马上要补充说:只有在总体意识形态具有将具体的个体作为主体“构成”的(界定它的)功能的情况下,主体的范畴才是总体意识形态的构成要素。[③]

意即说,作为主体的人,在构建自己的主体性时,必须要在意识形态的框架下进行。在这个过程中,意识形态已经深入到每个主体的内心深处,成为他们看待社会与现实的一个主导维度。

对于意识形态的这种认识,促使阿尔都塞在《意识形态与意识形态国家机器》(*Ideology and Ideological State Apparatuses*)中对生产过程做了区分,即生产力的再生产与生产关系的再生产。对于生产力再生产,阿尔都塞强调这种生产形式也是:“劳动力对既有秩序准则的顺从的再生产,即工人对主导意识形态的顺从之再生产,以及为剥削、压迫的代理人正确地使用主导意识形态的能力的再生产,以便他们也将能够‘用话语’规定统治阶级的统治。”[④]而对于生产关系再生产,阿尔都塞又回到马克思“社会整体”的经典结构,指明基础结构(经济基础)与上层建筑构成了一座大厦,但二者是互动关系的结合体,“它迫使我们提出独特于上层建筑的关于‘衍生的’功效类型的理论问题,即,它迫使我们思考马克思主义传统合称为上层建筑的、相对自由与基础之上的上层建筑的相互作用的东西,”[⑤]即意识形态渗透到社会生活的各个方面,成为一种特殊的规定性,从而确保个人与其社会身份、社会地位、社会关系、社会功能之间的一

---

① 安德鲁·本尼特,尼古拉·罗伊尔,关键词:文学、批判与理论导论[M],汪正龙,李永新译,桂林:广西师范大学出版社,2007。第 165 页。

② Cf. 安德鲁·本尼特,尼古拉·罗伊尔,关键词:文学、批判与理论导论[M],汪正龙,李永新译,

③ 路易·阿尔都塞,意识形态与意识形态国家机器[A],见 斯拉沃热·齐泽克,泰奥德·阿尔多诺等,图绘意识形态[C],方杰译,南京:南京大学出版社,2002。第 169 页。

④ 同上书,第 137 页。

⑤ 同上书,第 140 页。

种和谐状态。

葛兰西与阿尔都塞对于意识形态的诠释告诉我们,意识形态是更为有效的国家机器。生活于资本主义社会的知识分子们,已经意识到了这个问题,所以在美国会出现如乔姆斯基这样的公共知识分子,对当下的资本制度与政策提出了批评与挑战。对于文学领域而言,对意识形态的关注与批判是更为常见的题材。文学"作为反映社会生活的一种特殊的意识形态与文化现象"①,既源自意识形态,又反作用于意识形态。需要指出的是,作为一种特殊的意识形态载体,文学"是一种具有审美特质的社会意识形态"②,意即"审美与意识形态复杂的组合形式"③,展示出"在特定的心境时空中,在有历史文化渗透的条件下,对客体的美的关照、感悟、判断"④。如此看来,与其说阅读文学作品为读者逃离意识形态提供了一条出路,不如说文学作品是意识形态生产与审美和批判的斗争场所。文学作品并非简单被动地反映或表现特定时空意识形态的内容,相反,它们是充盈着冲突张力的所在。菲利普·罗斯后期的文学生产为美国主流意识形态批判提供了一个很好的范例。

一、美国:希望之乡的神话

随着美洲新大陆的发现,欧洲移民开始移居美洲的历史进程。在这个过程中,主要的欧洲列强都曾在美洲大陆有过殖民行径,分得了一杯羹。但这个殖民化过程随着美利坚合众国的建立而结束,从此,美洲大陆逐渐进入了美国时代。

1776 年 7 月 4 日,第二次大陆会议通过了《独立宣言》,宣告了美利坚合众国的成立,从此英属北美殖民地摆脱了英国的束缚,走上了资本主义快速发展的道路。随着以独立战争为标志的资产阶级革命的完成,自由民主思想也逐渐成为美国社会所认可的主流,"人人生而平等"的思想开始在社会中普及。

随着资本主义的快速发展,随着民主自由思想的广泛传播,大量的移民为美国所吸引,纷纷为了心中的信念与理想,移民美国。他们的辛勤劳

---

① 李维屏,戴鸿斌,什么是现代主义文学[M],上海:上海外语教育出版社,2011。第 21 页。

② 童庆炳,文学概论[M],武汉:武汉大学出版社,2000。第 60 页。

③ 童庆炳,文学理论教程[M],北京:高等教育出版社,1999。第 65 页。

④ 童庆炳,文学概论[M],武汉:武汉大学出版社,2000。第 80、72 页。

动为美国社会与文化的发展做出了杰出的贡献。而美国社会较为宽松的宗教、社会与文化的氛围，也为国民的发展提供了空间与条件。很多人凭借自己的努力与辛劳，白手起家，最后成功地跻身于中产阶级行列，为美国社会中广为接受的“美国梦”思想，提供了很好的注解。

对于犹太移民来说，移民美国是他们逃离欧洲政治和宗教迫害的唯一途径。从殖民地时期开始，犹太人便已经开始移居美国的进程，并参与到当地的经济、社会和文化建设中去。相对而言，殖民地时期的基督徒对犹太人比较宽容，原因主要有三：首先，自从英国清教徒最先涉足美国新英格兰地区，他们便开始新家园的建设。对于这些为了逃避宗教迫害的人们来说，美洲大陆便是他们的“期许之地”，而他们也自比圣经中的犹太人，意欲在美洲大陆上，建立一座“山巅之城”，从而彰显上帝的荣光，因而与犹太人有宗教象征意义上的亲缘关系；其次，他们有强烈的意愿让犹太人皈依基督教，但手段不是采用暴力逼迫，而是希望通过祈祷这样的方式实现；最后，当时的美国文化人对希伯来语都很热衷，而希伯来语是犹太人的宗教语言和身份象征，是犹太人借以维持民族生存的根本，这样，爱屋及乌，潜意识中对犹太人也便宽容了几分。

但随着犹太人在美国落地生根，美国主流社会对犹太人的态度逐渐地在发生着变化。美国社会的民族政策一直遵循“大熔炉”的同化理念，即各个少数族裔来到美国后，都必定会在社会的大熔炉里面进行熔炼，在美国主流社会文化意识的影响下，形成一个新的民族身份，进而成为美国社会的一分子。但犹太人由于其独特的民族文化特征，他们大部分都遵循自己的传统，不会轻易地认同宿主国文化，导致在美国主流社会的心目中，他们成为无法同化的人，造成民族间关系的紧张。与此同时，由于犹太人都从事金融、生产、贸易、文化、出版和印刷等方面的事业，勤勉肯干，所以很多人都能通过自身的奋斗进入中产阶级的行列，甚至跻身巨富的行列，这对于美国白人而言，也在经济与工作机会上构成潜在的威胁。正是由于以上的原因，每当经济滑坡或出现其他问题时，美国社会都会有针对犹太人的不和谐声音出现。而这在第二次世界大战期间，表现得更为突出。

虽然美国 1941 年底以“正义之师”的名义加入到二战反法西斯同盟，加速了德日法西斯同盟的解体，并最终导致其灭亡，但二战时美国主流文化对国内少数族裔的态度与行为却远非友善可亲。为了防止日裔美国人在西海岸可能进行的“颠覆”活动，美国政府把 110,000 多名日裔美国人驱赶到极为荒凉的"集中营"中集体关押，而在这些人中，有70,000多人是在美国出生的移民二代。而德裔、意大利裔移民却没有遭受到类似的待遇，原因仅在于他们是白人，不属于"敌对种族"的范畴。[①] 来自欧洲的犹太移民，虽然他们的肤色与美国白人相差无几，所遭受的待遇，较之日裔移民，却也未曾好到哪里去。

希特勒对欧洲犹太人实行"种族灭绝"政策，导致六百万犹太人被屠杀(同时被杀死的还有同性恋、残疾者与吉普赛人)，[②]大批犹太人背井离乡，成为难民，寻觅一个可以接收他们的国家以避过这场灾难。美国知悉希特勒德国对犹太人的迫害，对此却无动于衷，并未采取有效的应对措施。美国国内针对犹太人的敌视排挤思想也是暗潮涌动，1939年纽约的一场亲希特勒的集会竟然聚集了20000名的参与者。正是在这样的国内外形势下，同年六月提出的旨在接纳20000名德国犹太儿童入境的Wagner-Rogers法案被议会否决，这样，"又把他们送回到德国去面对死亡"[③]。

实际上，纳粹对犹太人的迫害提醒了美国人对国内种族主义要提高警惕，但这却没有惠及犹太人；相反，美国的反犹主义在二战期间达到了一个新的高潮。据1942年的一份选民调查报告显示，51%的人认为犹太人"在美国拥有太大的权力"。而1944年，在纳粹屠犹最疯狂的时期，当被问及对美国构成最大威胁的因素时，24%的美国人指出是登记的犹太人，这个数值高于德国人、日本人、激进分子、黑人与外国人。[④] 国内反犹主义的盛行，决定了美国对欧洲饱受摧残的犹太人群体所采取的态度与措施。美国军事高层知悉纳粹集中营的存在，并且准确知道它们所处的位置，但他们拒绝摧毁这些死亡集中营，也无意于炸毁通往这些营地的铁道，从而在一定程度上纵容了纳粹的种族主义暴行。所以，我们完全可以说，美国虽然打了一场反对法西斯侵略与扩张的战争，却没有做什么能够帮助那些战争受害者的事情。[⑤]

当惨绝人寰的纳粹集中营曝光于天下时，人类文明的道德底线受到

---

① Jones, Jacqueline, etc. *Created Equality: A Social And Political History of The United States*. New York and San Francisco: Pearson Education, Inc., 2003. pp. 776-777.

② Ibid., p. 796.

③ Ibid., p, 786.

④ Ibid., p. 786.

⑤ Ibid., p. 786.

了极大的挑战。在令人发指的法西斯暴行面前,欧美各战胜国都无法保持淡定状态,道义上的胜利者,在一定意义上却是这种倒行逆施的同谋者。迫于世界舆论的压力,战胜诸国都不得不摆出姿态,来表明对法西斯暴行的谴责与批判,对受害者的同情与怜悯。就美国而言,这方面最为直接的表现,就是出版了二战期间犹太女孩安妮所写的日记。正如很多论者所言,这一事件以及后来《安妮日记》登上美国戏剧舞台并最终为好莱坞搬上荧屏的过程,开启了"犹太大屠杀"美国化的进程,使代表美国主流社会的 WASP(盎格鲁撒克逊白人新教徒)走出负疚者心理阴影,帮助他们重新获得道义上的制高点,为其二战期间世界救世主地位的确立获得了合法性。[①] 对这种情况,很多当代美国犹太作家都做过深刻的探讨与揭示,但就艺术成就和受关注程度而言,可以说几乎没有哪个作家的作品可以和菲利普·罗斯在 2004 年出版的《反美阴谋》相提并论。

二、《反美阴谋》:去魅的言说

菲利普·罗斯后期文学创作的一个突出特点,就是他的视野愈发开阔,已经超越了早期对自我与家庭罗曼司的执著,而把眼光投向社会、历史、文化和民族等更为宏大的视域,从而获得了布鲁姆所言的"真正的声音"。这其中,对意识形态力量的反思与批判是一个重要的方面。

菲利普·罗斯出生于上个世纪 30 年代,他的童年时光是在第二次世界大战期间度过的,对当时美国国内的反犹情绪有切身的体验,使他有如鲠在喉,不吐不快之感,终于在他年逾古稀之际,出版了《反美阴谋》(2004),以小说这种艺术形式,对这段历史进行了反思。正如他在为《纽约时报》所撰写的文章中所言:"有些读者可能会把它(《反美阴谋》)看做是影射当下美国现实的小说,但事实并非如此。我的小说实现了最初的设想:在林德伯格而非罗斯福赢得 1940 年大选的前提下,重构 1940 年到

---

① Ravvin, Norman. *A House of Words: Jewish Writing, Identity and Memory*. Montreal: McGill-Queen University Press, 1997. 作者通过新历史主义视角,论证《安妮日记》出版本身就是一种选择的结果,一种人为适应的过程,在很大程度上,是与当时美国大的社会历史背景相一致的,这在《珍妮日记》的剧场版改编过程中体现得更为明显:不适宜的犹太词汇、美国式的叙事习惯、更为明显的是对"人们本质上都是好的"这一习语的突出。如此一来,就有效地削弱了犹太人在二战中的受难经历,并使这一经历普遍化,即人人都有可能遇到这样的情况,从而消解了犹太大屠杀受难经历的独特性。菲利普·罗斯曾在自己早期小说《鬼作家》以反讽的方式对美国安妮进行过仿写。

1942年的历史。我并非假装对那两年感兴趣，而是确实对那段时光感兴趣。因为那两年在欧洲见证了灾难性时刻，同时也目睹了美国的骚动不安。我所有的想象力都致力于使人们感受到历史事实所带来的张力效果。与其说是借古讽今，不如说是以历史烛照历史。”[①]

小说开篇的第一句话便紧紧抓住了读者的注意力。“恐惧主导着记忆，那永恒的恐惧。”[②]是什么给小说中的“我”带来如此沉重的恐惧呢？紧接下来的一个让步句式为我们揭开了谜团：虽然每一个孩子的成长过程中都可能经历过恐惧的时刻，但“我”童年的恐惧却与普通儿童的恐惧不同，因为它涉及两个互为条件的因素：林德伯格当选美国总统，“我”是犹太人的后裔。其间的因果关系跃然纸上，如果“我”不是一个犹太儿童，“我”就不会感觉到林德伯格当总统所带来的恐惧；如果林德伯格没有当选总统，即使“我”是一名犹太儿童，“我”也不会有这种切肤的恐惧感。作为美国总统，林德伯格统治下的美国政府的行为已经让一个七岁的犹太裔儿童感受到深重的恐惧，那么对于整个美国犹太社区的影响自然不言而喻。罗斯以这样的神来之笔，传神地表现出了整个小说的主旨：“历史牵涉到每一个人，无论他们知道与否、喜欢与否。”[③]在《反美阴谋》中，处于那个历史时期的犹太人已经不再困惑于知道与否、喜欢与否的问题了，而是为担忧与恐惧所攫住，处于一种几近惶惶不可终日的状态中，而这一切都肇始于持“孤立主义”信念的明星飞行员林德伯格参加美国大选。

在小说中，罗斯运用他的“历史想象力”，改变了1940年美国的大选结果。处于历史十字路口的美国，当时国内的孤立主义势力依然很强大，孤立主义者林德伯格关于“美国应该置身于新的世界大战之外”的讲演在选民中形成了“选择林德伯格还是选择战争”的效果，这无疑为他赢得了更多的人气。最后的选举结果就是追求第三次连任的罗斯福不敌查尔斯·林德伯格，无缘美国第33届总统的宝座。而这是美国犹太群体最不愿意看到的结果，因为林德伯格并非简单地鼓吹美国的“孤立主义”政策，

---

① Roth, Philip. "The Story Behind *The Plot Against America*", in *The New York Times*, September 19, 2004.

② Roth, Philip. *The Plot Against America*. New York: Houghton Mifflin Company, 2004. p. 1. 以下对该作品的引用都出自此版本，不再加注，仅在引文后直接加注页码。引用部分内容都是由论文作者译出。

③ Roth, Philip. "The Story Behind *The Plot Against America*", in *The New York Times*, September 19, 2004.

他更是一个亲希特勒的反犹分子,曾经和德国希特勒政府有过密切接触,并曾获得纳粹德国颁发的奖章。林德伯格上台后,采取了一系列措施来实施其亲希特勒和反犹的政策:与"轴心国"签订"谅解备忘录",以承认轴心国在欧洲的势力范围来换取美国本土的和平;国内政策上,对犹太社区采取分化、消解的措施,意图弱化年轻一代的民族意识,从而在文化认同上对美国的犹太存在给予致命的打击。如此政策的出台,对美国的政治生活与社会生活构成了极大的影响,使长久以来一直存在的针对少数族裔的宗教仇视尘嚣至上,反犹暴动在很多地区出现,给犹太社区成员肉体、精神与财产方面带来不可挽回的损失,也将整个国家推到动乱的边缘。最终,林德伯格驾机逃离,不知所终,罗斯福临危受命,力挽狂澜,把1942年10月后的历史又带回到我们所熟知的正常轨道上来。

小说的总体氛围使人很容易联想起"乌托邦"叙事的对立面——"恶托邦"书写。[①] 但与经典恶托邦小说不同,《反美阴谋》并没有把叙事背景放到未来的历史空间,去突出展现一个为机械文明所主导,充满暴力、私欲、压迫、独裁的社会形态,相反,它却向后看,把目光投向了第二次世界大战期间的美国社会,去思考一个在史学上无法成立、在文学艺术上却有着无限吸引力的"如果……那么"(what if)的虚构时空。对于读者与论者而言,《反美阴谋》就是通过虚幻的形式来改写历史,以此来引起读者的阅读兴趣,而中国的读者很有可能会把这种叙事手法和国内流行的"穿越书写"联系起来。[②] 但对罗斯而言,并非如此,他曾经说过,"写这本书的时

---

① 托马斯·莫尔爵士的作品《乌托邦》开启了世人逃离现世苦难、远遁理想乐土的精神幻想曲,为人们保留了一片值得向往与奋斗的精神家园。但正如书名所显示的那样,乌托邦的乌有之乡的意蕴,注定了它带给人们的只能是暂时的精神寄托与逃离。工业化所带来的机械文明的挑战与世界大战对人类道德伦理的叩问,使20世纪的欧洲作家开始思索人类社会最坏的归宿会是什么样子,所以才有了扎米亚京的《我们》、奥威尔的《1984年》与赫胥黎的《美丽新世纪》等20世纪三部经典"恶托邦"小说的问世。恶托邦小说也称为反乌托邦小说,是对人类理想生活对立面的思索与展现。这些小说的背景社会通常都是物质文明相对发达,而精神文明发展的脚步却远远落后于物质文明的发展步伐,高度发达的机械文明最终并没有给人类带来期冀的幸福与自由,发达的物质资源掩盖了人类精神的贫乏,人们道德堕落,受控于森严的等级制度,民主已经是可望而不可即的镜中花、水中月,更为可悲的是,为服务于人而发明的人工智能也站到了人类的对立面。在这样的社会形态中,人们只能在高科技表面的繁荣下最终走向消亡。

② 《反美阴谋》中的主人公就是童年阶段的菲利普·罗斯,如果不熟悉菲利普·罗斯的创作经历与创作手法,那么读者很容易就会联想到是作者菲利普·罗斯回到了过去,改变了历史,见证了历史在那个阶段的另一种走向的可能性。而这对于中国读者而言,很符合当下的"穿越书写"的审美范式,自然会对小说有一种先见的理解,导致误读的可能性。

候，每当写不下去了，经常如此，我就会想起自己的口号，'并非虚构，仅是回忆'。"[①]可见，《反美阴谋》这部作品，并非仅仅是为了标新立异的目的而对历史进行了改写，而是在对这一段历史进行反思，对自己亲身经历的再认识，对那个特定历史阶段整个美国犹太族群经历的再现。正如罗斯在文章中所言，"甚至在我开始上学前，我就已经对纳粹的反犹主义行径有所了解，也对美国某些著名人士所煽动起来的本土反犹主义思想有所知悉。这些著名人物如亨利·福特、查尔斯·林德伯格，他们与电影明星卓别林和华伦天奴(Valentino)一样，都是享誉那个时代的大名人。"[②]正是对民族命运的关注、对当时美国社会政治立场的忧虑使罗斯开始了《反美阴谋》的创作，意图通过小说的形式，来展现一种历史可能，并以此引发已经进入新世纪的美国人民做出思考。正如有论者所言，"罗斯通过《反美阴谋》虚构了一个耸人听闻的历史故事，为 9.11 之后的美国投下了警醒之光。"[③]

《反美阴谋》叙事的展开是通过小菲利普·罗斯的所见所感来进行的。作品开始时，小菲利普刚刚七岁，正在和家人一起面对大萧条所带来的困顿生活。父亲赫尔曼是一家保险公司的代理人，勤奋工作，但每周不到 50 美元的收入，仅能勉强维持四口之家基本的生活需要而已；母亲贝斯是一位家庭妇女，在生活上精打细算，以免使家庭陷入破产的边缘；哥哥桑迪是一个有绘画天分的十二岁少年。对于赫尔曼一家而言，生活虽然有些艰苦，但在 1940 年时，他们还可以说是快乐的一家(2)。虽然生活在纽瓦克下层犹太人聚集区，但邻里之间的互相关爱与和睦相处，给生活在这里的赫尔曼一家带来了精神上的安宁与平和。在那个时候，生活于纽瓦克的犹太人在生活上已经与早期的移民有了很大的不同，正如小说中所言：

> 是工作，而不是宗教信仰，使我认识并区分我的邻居们。在这里，没有人留着胡子，或者穿着旧世界人们所常穿的服饰，也没有人在室外、或者我经常光顾的朋友家的房子里戴那种小圆帽了。成年

---

① 高婷，超越犹太性——新现实主义视域下的菲利普·罗斯近期小说研究[M]，北京：光明日报出版社，2011。第 134－135 页。

② Roth, Philip. "The Story Behind *The Plot Against America*", in *The New York Times*, September 19, 2004.

③ 周富强，论新历史主义视角下的《反美阴谋》[J]，当代外国文学，2007(2)：151。

人，即使他们还在认真地履行教义教规的内容，也已经不再以传统可见的方式来践行……在我们街区几乎没有谁说话还有口音。……从街角的糖果店前的报摊上购买《赛马消息》(*Racing Form*)的顾客数量是购买意第绪语日报《前进报》(*The Forvertz*)数量的十倍……我们已经在这片土地上繁衍了三代人。我每天早晨在学校都向祖国的旗帜宣誓效忠……我们的祖国就是美国。(3—5)①

但这一切都随着林德伯格被提名为共和党总统候选人而发生了改变。《反美阴谋》中的历史在这里转了一个弯，历史中被选举为共和党候选人的温德尔·维尔基并没有胜出，所以共和党人正在为没有一位知名度高、能够服众的候选人而焦急。这时，林德伯格适时地出现在大会的会场。作为一位天才飞行员，林德伯格在当时的美国是一位家喻户晓的英雄，他驾驶"圣路易斯精灵号"单翼飞机，花费三十三个半小时从长岛不间断飞行至巴黎的壮举，不但震动了美国，也震动了整个世界，是世界航空史上的标志性事件，为他赢得了国内外极大的声誉。

林德伯格，"那个身材修长、英俊潇洒的英雄，一个体态轻盈、运动员模样、穿着飞行服、年近不惑的伟岸男子"(15)的到来，使陷入僵局、正在为候选人而一筹莫展的共和党人为之欢呼雀跃，并于次日通过决议，正式提名林德伯格为共和党的候选人，此后，开始了他的"圣路易斯精灵号"航行竞选之旅。

林德伯格的提名已经在犹太社区引起了极大的反应，而提名后他在面向全国听众的讲演中，贬称犹太人正运用巨大的"影响力……来把我们的国家带向毁灭的边缘"(15)，更是引起美国犹太人的强烈不安：

"不"，正是这声呐喊惊醒了我们。纽瓦克街区的每所房子里面，都传出了男人高声喊出的"不要"的惊叫声。不可能啊。不要这样啊。不要让他成为美国的总统啊……那晚的愤怒如咆哮的火焰一样，吞噬着你，扭曲着你，就像在锻炼钢铁一样。愤怒没有丝毫减弱的迹象……它把整个街区的家庭在凌晨五点的时候都带到街上。我所熟悉的、平日里衣冠楚楚的邻居们，像被地震驱赶般在凌晨来到街上，有些人穿着睡袍与睡衣，甚或有人披着浴袍，趿拉着拖鞋，在街上

① 部分译文参照了周富强论文，论新历史主义视角下的《反美阴谋》[J]，见《当代外国文学》，2007(2)：151—156。

漫无目的地乱转……大声喊着"美国的希特勒"、"美国的法西斯主义！美国的纳粹党突击队员"。(16—17)

作为少数族裔的犹太社区，其成员的怒号并不能阻止林德伯格竞选的步伐。竞选过程中，林德伯格一直在打"孤立主义"这张牌，每到一地，他都迎合美国民众无意卷入欧洲战争的愿望，大肆宣扬孤立主义带来的好处："我之所以参选总统，是为了使美国置身于另一次世界大战之外，从而能够保住美国的民主。你们的选择很简单。这不是选择查尔斯·林德伯格还是选择富兰克林·德拉诺·罗斯福的问题，而是选择林德伯格还是选择战争的问题。"(30)如此具有煽动性的演说，为他赢得了大批的支持者。最终，林德伯格战胜了民主党候选人罗斯福，于1941年1月20日顺利成为美国第33届总统，开始了他的"孤立主义"施政纲领。林德伯格的上台，标志着犹太人平静、安宁生活的终结，宣告了他们苦难命运的开始。

林德伯格执政后，首先践行他的孤立主义政策。先后在冰岛和夏威夷与德国和日本签订了谅解备忘录，置饱受战火蹂躏的欧洲、亚洲于不顾，承认轴心国对他国侵略的合法性，以此来换取美国的和平。此协议的签署，兑现了他总统竞选时的承诺，因而在美国普通民众心里，他的英雄地位进一步巩固：:"不会再有战争，不会再有年轻人去流血牺牲了。林德伯格对付希特勒绰绰有余，他们说，希特勒都要尊敬他，因为他是林德伯格。墨索里尼和东条英机也尊敬他，因为他是林德伯格。唯一反对林德伯格的，不过是一小撮犹太人而已，有人如是说。"(55)

对于这"一小撮人"，林德伯格很快就实施了针对他们的政策。林德伯格当选后，纽瓦克社区的犹太人们已经开始讨论是否要移民加拿大，最后大家的结论是如果林德伯格政府真的开始公开迫害犹太人，那么他们将别无选择，只能选择移民这唯一的出路。小菲利普的表哥艾尔文就是这个时候离开美国，去了加拿大，并在那里加入加拿大部队，站在英国一边对抗希特勒。(44)

这一时期，小菲利普一家去首都华盛顿参观了一次。此次旅行是罗斯福在任时就确定了的，但鉴于当时美国社会整体反犹的状况，出发之前，全家召开了一个家庭会议，最后仍然决定出行。赫尔曼夫妇之所以做此决定，主要是想向小菲利普和哥哥桑迪证明：

除了罗斯福已经卸任，美国没有别的变化。美国不是一个法西

> 斯国家,也不会变为一个法西斯国家……有了新总统和新的议会,但他们都会遵循宪法所规定的法律……虽然他们是共和党人,孤立主义分子,甚至他们中的一些还是反犹主义者……但他们距离变为纳粹分子还有很远的距离……虽然我们美国公民身份看起来正以无法置信的速度发生着变化,但我们仍然生活在一个自由的国度里。(55—56)

但华盛顿之行彻底打破了他们的梦幻。甫一进入华盛顿特区,赫尔曼一家的车子就转错了一个弯,暗示读者他们此行将不会像原来计划的那样顺利。正当他们不知所措时,一个粗鲁的骑警来到车前,询问出了什么状况。母亲在他大喊大叫下,失去了平时的从容与镇定,嗫嚅着,在那里喃喃低语。桑迪的回答帮助骑警明白这一家子迷路的事实,开车引导他们向宾馆驶去。而在此过程中,母亲有些崩溃了,问自己的丈夫赫尔曼道:"但你怎么知道他要带我们去哪里呢?到底发生什么事情了?"(58)在经过白宫的时候,她竟然哭了起来。最终,骑警领赫尔曼一家顺利到达了他们预订的那家宾馆;此时,母亲那高度紧张的神经才放松下来。回想刚才的表现,母亲解释道,"这一点也不像生活在一个正常的国度。真的很抱歉,孩子们,——原谅我吧。"(58—59)而说着这些话的同时,她又不由自主地开始哭起来。一位在非常时期,内心焦虑、无奈、惶恐、神经质的母亲形象跃然纸上,为犹太民族当时所处的恐怖氛围平添了很好的注脚。

但这还仅仅是一个开始。简单地在宾馆安顿好后,一家人来到街上解决午餐问题。一个叫泰勒的导游上前推销自己,愿意为一家人做向导,并承诺能够提供最好的服务,帮助他们在有限的时间里吃得好、看到更多的景点。鉴于初来乍到、路径不熟的事实,在经济条件允许的情况下,买卖成交了。而在游览的过程中,赫尔曼一直谈着罗斯福总统的诸多好处,"我要把罗斯福也列入那个单子。一位伟人,但这个国家的人们却把他逐出了办公室。看看我们现在总统的样子吧!"(62) 但泰勒对赫尔曼的言论不置可否,持一种有所保留的态度。

在林肯纪念堂,怀着对这位伟大总统的无比敬仰,赫尔曼抒发了对伟人被害的愤慨与谴责。有感于赫尔曼的言论,旁边一位年老的女性参观者发出了这样的感慨,"谢天谢地,我们这个时代出现了林德伯格总统。"(64)对于这样的类比,赫尔曼很是无语,情不自禁地说道:"拿林德伯格和林肯来对比,这个世界不是疯了吧。"(64)这看似不经意间的一句话,引起了那位女士一个男性同行者的不快，用近似于质问的口吻询问赫尔曼如此说法是什么意思，对此，赫尔曼以“这是一个自由国度”作为回应，(64)表达了自己对美国这个国家的信念。

对赫尔曼一家一番打量后，那个男子带着轻蔑的态度离开他们，回到了自己的观光团里，向他的同伴的解释说法就是他们遇到了一个“饶舌的犹太佬”而已，对此，那位老年女性的回答竟然是：“如果有人愿意扇那个家伙几个耳光的话，我可以答应任何事情。”(65)在文学作品与日常生活中，多以慈祥、仁爱、宽容面目出现的老妇人，都已经开始对犹太人产生了如此深厚的误解、隔膜、怨恨，这不能不说是当时反犹情绪高涨的结果，是美国这个所谓“民主国家”在二战时期的一个历史污点。“饶舌的犹太佬”这个标签极大地刺激了赫尔曼，他因为愤怒而全身颤抖，怎么也无法相信，在林肯纪念堂这样一个庄严肃穆、象征着美国民主自由的地方，竟然会有人用如此侮辱性的词汇来指称一个少数族裔成员。

民族情感上备受打击的赫尔曼一家决定回到宾馆去小憩一下，以缓解旅途劳顿，并释放一下情感上的重担。但当他们回到宾馆的时候，却发现一件令他们更难以接受的事情：他们的行李被放到了前台。前台经理对此的解释是，他们的职员犯了一个错误，搞混了房间，现在已无空房间。赫尔曼据理力争，说出自己预订过程，但经理不为所动，并用警察来威胁赫尔曼一家快些离去。已然怒发冲冠的赫尔曼，丝毫不肯退让，坚持要等待警察的到来，希望“他们能够帮助这个人意识到我今天看到雕刻在林肯纪念堂的葛底斯堡演讲的内容”。(69)当赫尔曼提到葛底斯堡演讲的时候，几个看热闹的顾客“会心地”相顾而笑。

警察的到来并未能帮助赫尔曼一家争取到什么。听过经理的陈述后，警察直接的反应就是建议赫尔曼一家收回定金，另寻他家。而对于赫尔曼引用葛底斯堡演讲中“人人生而平等”的内容来证明自己要求的合理性时，警察以一句俏皮话般的陈述做出了回应：“但那并不意味着所有宾馆的预订业务都是生而平等的呀。”(70)有些围观者已经无法控制自己的情绪，放声大笑起来。对处于“凝视”地位的观众两次笑的描写，向读者揭示了当时美国主流社会心照不宣、已然被很多人内化的反犹主义情绪。

然而羞辱并未止于此。在自助餐厅，赫尔曼还沉浸在对昨天发生事情的回顾中，最终结论还是剑指林德伯格，因为“他是阿道夫·希特勒的朋友”。对此，赫尔曼认为只有广播员温切尔先生敢于直面这个问题，并发出不同的声音。(77)赫尔曼的言论再一次引起了关注。这一次，是一个体格魁梧壮实的"老先生"。对于他的言语挑衅，赫尔曼意欲奋起还击，但被人们分开。"如果一个饶舌的犹太佬有了太多权力的话，那么……"，(78)这就是此人对美国犹太公民的担忧。而这种隐忧，一直到今天，还持续在某些美国人的心中。

这一系列的遭遇，使赫尔曼有了一种言说的冲动。所以在给朋友的电话中，他说出了被小菲利普认为是他一生中最为雄辩的语言："我们知道情况很糟糕，但没有想到竟已经到了这种地步。你只有到了这里，才会意识到问题有多么的严重。他们还生活在梦中，而我们却是在噩梦中讨生活。"(76)多么凝练、多么概括，但又饱含着多少的辛酸与无奈，赫尔曼以他的精辟总结揭开了林德伯格上台后，美国犹太人梦魇的序幕。

希特勒于1941年6月22日撕毁两年前与斯大林签订的"苏德互不侵犯条约"，悍然入侵苏联。当日晚，林德伯格在白宫对全国人民发表了讲话，高度赞扬了德日在遏制"共产主义流毒"方面的巨大贡献，并重申他的"使美国不陷入任何外部战争，也不允许任何外部战争的战火燃烧到美国"方针，从而确保"美国独立自主的发展命运"。(84)为了配合德日盟友的进攻步伐，林德伯格实施了一系列针对犹太人的政策，首当其冲的就是OAA计划(Office of American Absorption，意即"融入美国办公室")。根据官方解释，此计划是为了"帮助美国宗教和民族的少数派更好地融入到大的社会群体中去"而设立的，(85)但到1941年春为止，真正被纳入到这个计划的只有12到18岁的美国犹太青少年。如此一来，此计划的目的便昭然若揭了。小菲利普的哥哥桑迪是最早进入该计划的犹太少年之一。

虽然赫尔曼已经敏感地觉察到隐藏在这个计划后面的玄机，但桑迪在其姨妈伊芙琳的怂恿下执意前往。在肯塔基州的一个农场生活了一个暑假，与笃信基督教的农场主夫妇朝夕相处，这一切使桑迪发生了明显的变化。

当谈及表兄阿尔文终于可以从二战的烽火中归来的时候，桑迪把矛头指向了赫尔曼："但为什么他要卷入到战争中去呢？……是爸爸的缘故吧。……爸爸想要整个国家都卷入到战争中去。不是吗？这不就是他为什么投票给罗斯福的原因吗？"(95—96)兄弟两个的悄悄话为我们揭示了更为惊人的事实：桑迪在生活习惯上已经打破了犹太人的饮食禁忌，开始食用猪肉制品；语言习惯上，也开始使用肯塔基的讲话方式；而在意识形态方面，他也接受了种族偏见，对黑人持鄙夷不屑的态度。

仅仅一个暑假的时间，桑迪已经开始接受 WASP 的主流文化，在潜意识中认同他们对犹太人的态度，并由此获得了进入白宫接受林德伯格接见的机会。这个事情引发了家庭大战，赫尔曼指出 OAA 这样机构“唯一目的就是把犹太儿童变成第五纵队来反对他们的父母”(192)，因此禁止桑迪去出席，而桑迪则指斥赫尔曼有“受迫害情结”，“是比希特勒还要糟糕的独裁者”。(193)忍无可忍的母亲贝斯打了桑迪一巴掌，但桑迪竟然喊出了“我才不在乎你们这些‘隔都’犹太人喜欢不喜欢呢”的话，又招来贝斯的一掌。(193)此时，读者可以清晰地看出，OAA 送“犹太青少年下乡运动”取得了很好的效果，已经开始瓦解犹太家庭内部关系，使新生代内化了对犹太传统与犹太民族的排斥与鄙夷的心理。在赫尔曼看来，这是令亲者痛、仇者快的事情，而在反犹主义者眼中，这才是少数民族应该遵循的归化原则：融入到以 WASP 为主体的主流文化当中，消解少数族裔自身显在的文化特征。

为了进一步实现这一目的，OAA 很快又开始了一个新的项目，即《新宅地法》(Homestead 42)。据称，此法令是比照林肯总统 1862 年颁布的《宅地法》而设立，“向那些具有冒险精神的美国人提供激动人心的新的机会，以便开阔他们的视野，使他们的国家更加强大”；对于迁居地，“《新宅地法》将会为移民者提供有一定挑战性的地理环境，那里浸润着我们国家最为久远的传统。在那里，父母和孩子们通过几代人的努力，将会进一步丰富他们对美国的理解”。此法令的另一“好处”是移居他地的一切费用都由政府来负担。(204—205)

这到底是千载难逢的好机会，还是另一个有针对性的歧视性法规呢？从赫尔曼的调转令上，我们也许能看出点端倪。大都会保险公司根据《新宅地法》的要求，把他的“高级雇员”赫尔曼调转到位于肯塔基州丹维尔县的区一级公司任职，整个丹维尔的人口数是 6700 人，其中犹太人的数量接近于可以忽略不计的程度。对此，年仅 9 岁的小菲利普都明白，如果不是父亲赫尔曼把亲林德伯格政府的姨妈伊芙琳赶出家门，他就不会成为那个区七个犹太“移民”之一。至此，通过少年视角展现的对整个事件的认知更加具有冲击力。

《新宅地法》旨在把美国犹太人从犹太社区驱赶到其他地方，弱化他们的民族归属感，达到文化同化与归化目的的做法取得了明显的效果。很多犹太家庭被迫背井离乡，从生活了多年的地方，搬迁到偏僻、荒远、没有犹太人的地方，重新开始了适应美国的过程，这是一个艰辛的过程。对于赫尔曼来说，尤其如此。由于十分清楚《新宅地法》背后的用意，所以他最终选择从大都市保险公司离职的方式来拒绝OAA强加给自己家庭的迁居命令，开始了在市场倒夜班以维持家用的生活。

正是在这个过程中，桑迪也渐渐从先前的自我虚幻的梦境中清醒过来，不再通过从肯塔基获得的主流视角来看待身边的人和事，不再用“你们犹太人”来指称周围的亲人朋友。正如小菲利普所言，赫尔曼一家抗争的过程，使他看到了“一个面貌一新的爸爸，一个浪子回头的哥哥，一个恢复常态的妈妈”，(239)而这恰恰是极为严酷的外部环境促成的，正所谓“哪里有压迫，哪里就有反抗”，正是外部的压力使这个家庭重拾并加强了稳定的关系，成为保障犹太民族文化传统得以流传的万千因子之一。

但赫尔曼邻居威斯诺维夫人一家则没有这么幸运。威斯诺维先生不幸去世，只留下威斯诺维夫人带着儿子塞尔登相依为命。即使这样的一对苦命母子，政府当局还是把他们打入迁移的另册，顶替赫尔曼空出来的缺，去了肯塔基州的丹维尔县。作为当地唯一的犹太人，他们自然是人们瞩目的目标。

林德伯格总统突然不知所踪，英国情报部门对此发表声明，宣称林德伯格总统通过德国海空军的帮助，已经和希特勒秘密会合。如此声明在美国中部和南部都引发了针对犹太人的暴乱，犹太人甚至被杀害。而可怜的威斯诺维夫人就是无辜的受害者之一。小说通过小菲利普的视角，借塞尔登之口，为读者展现出一个孩子在恐怖氛围下所经历的悲惨遭遇，对反犹主义做出了谴责。在知悉塞尔登一家情况后，赫尔曼不顾生命可能受到威胁的事实，驱车前往丹维尔县，最终把塞尔登安全地带回到纽瓦克来，这体现了美国犹太人在自身受到威胁的时候，为“永恒的恐惧”所笼罩的时候，(328)仍然能够从民族主义与人道主义的立场出发，最大限度地互帮互助。

在这场历史闹剧中，犹太人内部也产生了分化，出现了不同的声音。拉比[1]莱昂内尔·奔格尔斯多夫(Lionel Bengelsdorf)，这个掌握十门语言的犹太高知，却没有看穿林德伯格的把戏，反而为其聒噪叫好，充当了OAA的领导者，并在报刊文章等公开场合为林德伯格唱赞歌，具有极大的欺骗性。一定程度上，他的做法也影响了一些犹太人对事件的认识，但

---

① 拉比在犹太文化中是学者、老师的意思，经常是宗教仪式的主持者，为犹太人所尊重，在犹太人中享有很高的地位。

他却丝毫没有意识到自己不过是林德伯格掩盖排犹政策的一张牌而已。莱昂内尔拉比及其女朋友伊芙琳的做法,对当时的美国犹太社区带来了极大的危害,成为危难时期丧失犹太民族认知的反面教材。

对林德伯格政府的倒行逆施,评论员兼专栏作家沃尔特·温切尔一直有着清醒的认识,并利用各种场合揭露林德伯格的丑恶用心。当《新宅地法》(Homestead 42)颁布后,他更是针对此法令做了不懈的斗争,批评此法令标志着"林德伯格等法西斯分子针对犹太人的迫害行动正式开始"(228),犹太人将会被遣送到偏远地区的以右翼为主体的人群中去,而这些人很容易被煽动起来,采取对犹太人不利的手段。这一点为事件后来的发展所证实。为了阻止林德伯格再一次当选美国总统,温切尔决定参加总统竞选,虽然大家都知道他的胜出基本是不可能的事情。由于他的政治言论与政治观点,他成为某些右翼团体的眼中钉、肉中刺,多次演讲过程中,都有暴力事件发生,在底特律市更是引发了骚乱,犹太人被打,店铺被抢,窗户被砸,点燃的十字架被扔到草坪上,(265)这类恶行很快蔓延开来,对犹太社区构成了很大的威胁。最终,温切尔在肯塔基州做演讲时被暗杀。他的死引起了极大的反响,超过三万名哀悼者来到宾夕法尼亚车站来为其送行,他们的胸口都挂着一个黑白字体的小牌,上面写着"林德伯格在哪里?"几个字。

这个事件成为一条导火索,温切尔被提升到"纳粹暴力的美国受害者"的地位,很多民主党的领袖人物参加了葬礼,葬礼由纽约市长拉瓜迪亚(La Guardia)主持。在讲话中,他以嘲讽的语气,把林德伯格和温切尔做了比较,

> 林德伯格是一个无私的统治者,一个强势、沉静的圣徒,相反,沃尔特却是专事谣言的专栏作家……我们的总统是一个法西斯同情者,更可能就是一个不折不扣的法西斯分子——但沃尔特·温切尔却是法西斯分子的对头。我们的总统对犹太人毫无好感,是一个不折不扣的反犹主义者——但沃尔特·温切尔却是一个犹太人,一个义愤填膺的、坚定地反对"反犹主义"的斗士。我们的总统是阿道夫·希特勒的崇拜者,很有可能他自己就是一个纳粹——但沃尔特·温切尔却是希特勒第一个美国敌人,也是最难缠的敌人。(304)

拉瓜迪亚把批判的矛头直指林德伯格,"由于我们强势、沉静、无私总统的沉默,沃尔特·温切尔在肯塔基州被美国的纳粹分子们给暗杀了。

说什么这样的事情不会在这里发生?但现在它就正在发生着。林德伯格在哪里?林德伯格在哪里?"这个疑问句在群众的口中回荡着,引发了美国人民对于美国政策的质疑。正是在这样一种普遍质疑的背景下,林德伯格总统在肯塔基州做完演讲后,驾机离开后就再也没有出现。总统的失踪带来了诸多的猜疑,随后副总统惠勒开始行使总统的权力,逮捕了众多反对"孤立主义"的政治人物,并在全国实行宵禁,但这一切并没有阻止住全国范围内的反犹主义暴行,1942 年 10 月 12 日日落后,在阿拉巴马等十一个州爆发了反犹暴乱,到第二天早晨 8 点执行镇压行动时,"已经有 122 位美国公民失去了自己宝贵的生命"。(313)这场历史闹剧以罗斯福第三次成功当选美国总统而告终,但它给美国犹太人所带来的创伤却是无法抹去的。正如纽约市长拉瓜迪亚在驳斥"犹太阴谋论"时所言:

> 假定确实有这样一个阴谋在酝酿中,但我将无比高兴地指出促成它的各种力量——歇斯底里、无知、恶意、愚蠢、愤恨和恐惧。我们的国家变成了一个多么令人厌恶的地方!到处都是虚假、残忍和疯狂,潜在的恶势力正等待时机把我们全部消灭掉……说什么犹太阴谋、犹太分子、犹太高利贷者、犹太人的报复、犹太密谋。说什么这是一场反对全世界的犹太战争。(315—316)

这是对美国主流社会强加给犹太人的种种指控最直接、最雄辩的驳斥与申辩,揭露了在这一段历史插曲背后,美国主流社会中根深蒂固的偏见与歧视,对理解整部作品有画龙点睛的效用。正如有论者所指出的,"它(反美阴谋)是林德伯格当局迫害美国犹太人的阴谋,是对犹太民族民权的无情践踏,是对美国宪法的蔑视,更是对美国民主的莫大讽刺。"①而这正是菲利普·罗斯着力展现给世人的。在后"9·11"时代,美国社会政策、民族政策和国际政策都面临着重大的挑战,以国家的名义行侵犯个人民权之事,这已经不是什么秘密,而一旦这种情况超越底线,那它带来的后果可能是极为严重的。罗斯以历史的想象为基础,提供了美国社会在特定时期的一个另类样本,而正如他自己所坦诚的那样,这"并非虚构,仅是回忆",那么他的用意便很明显:莫让记忆中的历史重演。而实现如此目标,就是要尽力冲破意识形态力量为了自身的合法性与合理性而强加

① 高婷,超越犹太性——新现实主义视域下的菲利普·罗斯近期小说研究[M],北京:光明日报出版社,2011。第 134 页。

给历史与社会的先验条件，回溯到历史深处去寻找资源，以"'反事实的'、'虚构的'或者'假设分析的'历史"去逾越已经被意识形态力量型塑的历史真实，从而帮助"伟大的民族对现实保有清醒的认识"[①]。在这方面，可以说罗斯是绝对的行家里手，罕有出其右者，这也被论者所指出，"这本小说以一个家庭的价值观念来检验一个已然走向疯狂的国家的价值体系。它从一定意义上来说是一本回忆录，同时也是一部讽刺主义佳作，只有罗斯才能写出这样的作品。"[②]

着眼于意识形态批判是罗斯后期几部重要作品的一个显著特征，除专门论及的《反美阴谋》外，"美国三部曲"中的《我嫁给了共产党人》与《人性污秽》都有这方面的批判因子。这两部作品分别以在美国20世纪50年代和90年代以来居于主导地位的麦卡锡主义(Macarthyism)和"政治正确"观念(Political Correctness)为批判的靶子，通过小说中个体人物的命运来为这两个阶段的主命题证伪。对于罗斯而言，这两部作品"主要用来展现战后美国生活中对我们那一代人影响最大的历史时刻"，[③]从而能够以史为鉴，为当下的美国生活提供一个新的理解维度，进而为民族间的和谐、个人的发展提供更好的出路与平台。

第二节　犹太意识

研究美国犹太文学，最常谈及而又最难以界定的便是犹太性问题，很多批评家都从作品所彰显的犹太性角度出发，对当代美国犹太作家进行过系统研究。其实犹太意识是一个与犹太性相辅相成的概念，它所表征的便是在具体的时代历史背景下，犹太人应该如何认识自己、看待自己、界定自己，从而摆正自己在社会文化中的位置，更好地融入到社会中去。

一、以色列与犹太意识

犹太人可以说是世界上最为独特的一个民族。大约公元前2000年

---

① 周富强，论新历史主义视角下的《反美阴谋》[J]，《当代外国文学》，2007(2)：156。

② Royal, Derek Parker. *Philip Roth: New Perspectives on an American Author*. Westport, Connecticut & London: Praeger Publishers, 2005. p. 241.

③ McGrath, Charles. "Zuckerman's Alter Brain." *New York Times Book Review* 7 May 2000: 8+.

前后，他们发迹于幼发拉底河与底格里斯河构成的“肥沃的新月”地带，吸纳并继承了两河流域其他民族优秀的文明成果。“出现在这样一个高度发展的文明地区和氛围中，犹太民族显然受益匪浅。犹太文明一开始就具有高度文化性的特征很可能与此有着直接的联系。”[①]随着其他民族逐渐从历史舞台“消失”，“留存下来的犹太人自然成为这一地区上古文明的保存者和集大成者”[②]。

但这又注定了这些幸存者多舛的命运。根据犹太传说里记载的内容，犹太人始祖亚伯拉罕带领家人、携带财产，离开两河流域，来到“应许之地”古迦南，即犹太人口中的“以色列地”（今日的巴勒斯坦地区）。而随亚伯拉罕一起迁移过来的犹太人也获得了一个新的名称，希伯来人，意即“来自河对岸的人”。虽然古迦南地区地理位置优越，为通往各洲的通衢，但其自然环境相对恶劣，导致此地常常伴有饥荒出现。为了生存，犹太人一度投奔埃及，寻求法老的庇护，史称“寄居”埃及，这段时间大概持续了400年的时间。犹太人沦为法老的奴隶，受到不公正的待遇，到了亡族灭种的地步，最后在摩西的带领下，上演了一幕“出埃及记”的经典民族迁移剧目。

而正是在重返迦南的过程中，摩西在西奈山上从上帝那里获得了神谕，即“摩西十诫”，成为犹太教律法的基础。重新定居迦南，犹太12支族各自管理划分的区域，开始了150年的“士师时代”（士师为希伯来文“审判者”之意，即由他们协调、管理各支族事务）。扫罗称王标志着统一的犹太国家与民族的形成。其子大卫王建立了以耶路撒冷为首都的统一王国，拓宽了国土面积。而到了所罗门王时代，国泰民安，富庶祥和，此时所罗门王在耶路撒冷兴建了犹太教圣殿，从而使圣殿和耶路撒冷成为犹太人心中永恒的信念所系之处。

但荣衰相继永远是一个不二的真理。所罗门时代的奢华，导致犹太南北支部的分歧，直至最后分裂为北方的“以色列王国”和南方的“犹大王国”。兄弟阋墙的悲剧继续上演，削弱了彼此的实力，以致后来为强敌所困。“以色列王国”为亚述帝国所灭，国民被亚述统治者分而治之，最终被同化而销声匿迹，史称“丢失的十支派”之谜。“犹大王国”国小式微，先为亚述附庸，后为巴比伦所灭，圣城与圣殿被毁，犹太史上“第一圣殿时期”

① 徐新，犹太文化史[M]，北京：北京大学出版社，2006。第5页。

② 同上书，第5页。

结束,犹太人的独立历史也宣告终结。

随着“犹大王国”的覆灭,大批犹太人口被虏往巴比伦,史称“巴比伦之囚”。此阶段持续约一甲子时间,后波斯王居鲁士攻破巴比伦,释放了犹太囚徒,使他们返回故土。为了振奋民族精神,提升民族宗教的凝聚力,犹太人开始重建圣殿,史称“第二圣殿时期”。在这个时期,犹太人先后被波斯王国、希腊帝国征服与辖治。在哈斯蒙尼王朝短暂独立后,犹太人又为罗马帝国所统治。由于不堪忍受罗马人的残暴统治与大肆掠夺,犹太人于公元66年发动了“第一次犹太战争”。但罗马军团所向披靡,占领耶路撒冷,焚烧圣殿,结束了“第二圣殿时期”。而后的“第二次犹太战争”也以犹太人的失败告终。起义带来罗马人的疯狂报复,大量人口被杀,城市被毁,如此状况下,犹太人纷纷逃离故土家园,开始了他们大流散的命运。

大流散状态早在“巴比伦之囚”以后便已出现。已然融入巴比伦生活、不愿返回已被战火毁坏家园的犹太人留在了巴比伦,形成了一个外在于以色列地的犹太文化中心。而随着第二圣殿被毁,更多的犹太人被迫加入到流散世界各地的移民大军。在此过程中,他们一面坚持着犹太文化传统与教义教规,一面努力与宗主文化保持某种默契,从而维持本民族的生存。对犹太人而言,流散过程是一个寄居的过程,因为“流散被认为是一种上帝施加在犹太人身上的不幸惩罚,意味着失去家园、遭受敌意与歧视,然而,它又是一种不正常状态,不会永远持续下去,通过对律法的遵守和在上帝的干预下,犹太终将获得解放,回归故土”①。

流散即已失去家园,流散更是伴随着敌意与歧视。犹太人1800余年的流散历程中,充满了苦难与艰辛。由于宗教信仰方面的差异,更由于犹太教“上帝选民”论所造成的心理优越感,同时又有感于犹太人的经济头脑,宿主国通常都会采取歧视性态度对待犹太人,划定专属区域给犹太人居住与生活,而这些区域通常是又脏又破又旧的狭小地域,即我们所说的“隔都”(ghetto,贫民窟的意思),禁止他们参加到宿主国的行政管理工作,即不允许他们享有公职,同时还限制犹太人购买土地的权利。种种限制逼迫犹太人去从事金融投资方面的业务以维持生存,如高利贷,而这又进一步激起了宿主国人民的反感。同时宿主国在文化上也极力诋毁犹太人,如血祭诽谤等等。文艺复兴时期伟大的人文主义斗士莎士比亚在其

① 徐新,犹太文化史[M],北京:北京大学出版社,2006。第35页。

《威尼斯商人》中对夏洛克的态度,在很大程度上也是英国以至欧洲人对犹太人的认识。

流散的犹太人不仅面临着宿主国的敌意与歧视,还会遭受他们直接的迫害,甚至被驱逐的命运。犹太人流散史上的春天是穆斯林统治下的西班牙时期,不但没有受到穆斯林的迫害与歧视,反而参与国家政事,文化文学事业繁荣。但除此之外,犹太人在失去了利用价值后,都会被宿主国的君主一脚踢开,英法两国都曾有过驱逐犹太人的经历,德国则由于没有形成统一的中央集权制国家而未掀起全国性的排犹高潮,但也有部分地区曾有过驱犹事件的发生。①

在犹太流散史上,驱逐经历最为惨烈的是 14 世纪末期开始的西班牙排犹事件。西班牙基督教势力在战败穆斯林后,由于发展商贸的需要,暂时给予犹太人较为宽松的环境。而当一切都已经步入正轨,犹太人失去利用价值的时候,基督教势力开始了对犹太人的迫害。很多犹太人被杀害,财产被掠夺,甚至连他们生活的整个街区都被毁掉。为了生存,很多人被迫皈依基督教,成为转教者,即"新基督徒"。而这些转教者有很多私底下还是在信奉犹太教。针对这种情况,西班牙国王费迪南德与王后伊莎贝拉同意建立臭名昭著的"宗教裁判所",开始了一轮针对转教者的新的迫害。最后,为了彻底解决犹太人问题,西班牙君主决定把犹太人全部赶出西班牙。

正是在欧洲遭遇的苦难经历迫使犹太人开始把目光投向刚刚发现的美洲新大陆,希望在这片处女地上,找到一个新的"应许之地",以完成流散命运的最终目的:建立并回归犹太乐土。早期迁往美洲大陆的犹太移民,都加入欧洲强国在美洲的各个殖民属地。由于殖民地经济贸易发展需要,犹太人在美洲大陆获得了远较欧洲为好的条件。但美洲殖民地易主频繁,一旦为西班牙、葡萄牙等国控制,犹太移民将不得不又一次面对被驱逐的命运。

美国最早的犹太人出现在 1654 年的新阿姆斯特丹(今纽约),并在当地形成了一个小规模的社区。自 19 世纪始,抵达美国的欧洲犹太移民开始增加。但真正蔚为壮观的移民浪潮出现在 19 世纪末 20 世纪初,由于俄国与东欧出现了大规模针对犹太人的暴行,导致犹太人大量逃离,成为移民美国的犹太人主体。"19 世纪 80 年代,东欧犹太人为了逃避沙皇俄

① 徐新,犹太文化史[M],北京:北京大学出版社,2006,第 53 页。

国的暴政而流亡美国，他们从俄国、波兰等地远涉重洋，逃亡到美国，与加利西亚、匈牙利、罗马尼亚等国来的犹太难民一起构成了纽约最大的东欧移民集团(据资料统计，1881—1924 年间总共约有 240 万东欧犹太移民涌入美国，其中绝大部分聚居于纽约下东区)。”①

这些为了躲避迫害、追求信仰自由的犹太移民，很快以他们顽强的适应性，在美国落地生根，努力在这片新的“应许之地”再现民族昔日的荣光。理想是丰满的，但现实却是骨感的：犹太移民来到美国后，首先要面对的便是生存问题。不同于早期移民美国、已然美国化的西葡籍犹太人和德国籍犹太人，东欧犹太移民数量大，大多文化程度低、操意第绪语、不懂英语和美国的生活习惯，同时由于长期遭受的歧视与迫害，又拥有强烈的犹太传统宗教意识与民族意识，如此状况，注定了他们的美国化将是一次备受煎熬与痛苦的过程。

为了生活，纽约下东区的犹太移民们或者加入街头小贩的行列，或者进入纽约的“血汗工厂”——成衣业，通过无尽的辛劳来勉强维持家人的温饱。对于早期犹太移民的辛劳，19 世纪末、20 世纪初的意第绪语诗歌、戏剧、小说中都有所反映。对于这个时期的犹太移民而言，

> 诗歌与小说帮助他们认识了周围的新环境……以及自身的大部分。他们想在报纸中寻找的东西在文学中也找到了：即寻找一条途径，使自己变得不再那么像初来乍到者(green horn)，并稍许摆脱一些孤独感。而且，当诗歌和小说在某种程度上启蒙了他们对人类总体的认识时，这些移民开始感觉到他们有点美国化了。②

在经历了适应阶段后，下东区犹太人逐渐在经济上取得了独立，晋身美国中产阶级行列，开始了从下东区民族聚居区散居出去的历程。此时的二代、三代犹太移民后裔已经开始接受美国的教育与价值体系，开始用英语作为文学表达的声音来揭示族群美国经历的进程，揭开了美国犹太文学发展史上新的一页。这一阶段出现了一大批成就斐然的美国犹太作家，如爱玛·拉匝鲁斯、格特鲁特·斯坦因、纳撒尼尔·韦斯特、亨利·罗

---

① 欧文·豪，父辈的世界[M]，王海良、赵立行译，顾云深校，上海：上海三联书店，1995。第 1 页。

② 同上书，第 378 页。

斯等，[①]他们从各自独特的视角，对犹太人的美国经历做出了各具特色的阐释，丰富了包容性极强的美国文学的内涵。

第二次世界大战的爆发，使犹太人不得不再次审视与思考自己在美国的可能命运。在欧洲有希特勒法西斯的“大屠杀”，美国本土有孤立主义者针对犹太人的“反犹主义”言论与集会，生活在这样氛围中的犹太人，“永恒的恐惧”已经成为他们记忆中无法抹去的烙印。如何来面对“大屠杀”和“恐惧记忆”、如何定位犹太人在美国的经历与存在，意即美国犹太人作为族群、作为个体，应该有什么样的族群意识与自我意识，也就是我们通常所说的犹太意识，成为战后美国犹太书写的一个重要内容。

二战后的美国犹太人还沉浸在战争的创伤中。针对这种状况，美国犹太作家在潜意识中达成了低调为人、不事张扬的默契，即要向美国社会展现犹太人生活中好的一面，以此来换取美国社会的容纳与接受。这在一定程度上解释了“最早叙说和论述‘二战’中‘犹太人大屠杀’问题，这类的著作均在20世纪70年代以后出版的”[②]。

对于这种状况，菲利普·罗斯有颇为深刻的感知，“犹太人在世人面前要谨小慎微、彬彬有礼，已然成为当时犹太人、犹太社区和白人主流社会共同认可的潜规则”[③]。然而，在罗斯看来，如此行事并不能真正地保障美国犹太人的利益，并不能使美国社会真正理解当代美国犹太人以及他们的生存处境，反而可能会增加彼此间的误解。对他而言，真正合理的做法应该是当代美国犹太人不应“游离于主流的想象之外，相反在于不断的自我展示、自我张扬、唯如此才能使美国犹太人不再成为种种偏见的受害者”[④]。

以色列国的建立使美国犹太人在思考自身问题的同时，也必须要把这个犹太人的“应许之地”考虑进去，因为作为同一个民族，他们之间有着

---

① 乔国强，美国犹太文学[M]，北京：商务印书馆，2008。乔国强教授在这部作品中，以文化为切入点，重点展现了美国犹太文学的发生与发展过程，同时也兼顾了美国犹太文学与犹太文化、犹太宗教和美国社会现实之间的互动关系。这部专著对上面列举的诸位作家以及其他美国犹太作家都有详细的论述，这里就不再一一列举了。

② 同上书，第133页。

③ 金万锋，李增，文与时的对话——菲利普·罗斯早期批评思想概观[J]，东北师大学报，2011(3)：158。

④ 同上。

剪不断理还乱的关系，而那个新兴的犹太人自己的国度也是他们千百年来一直坚守的信念的最终结晶，是犹太人作为“上帝选民”历经劫难后上帝兑现诺言的结果。而这个寄托着犹太人希望与憧憬的犹太国家实体，处于阿拉伯国家的包围圈内，和这些邻国有着种种矛盾冲突，战事频频。这样的现实状况，使美国犹太人不得不为这个犹太民族的“理想国”而奔走呼号，为她的生存而摇旗呐喊。如此状况下，美国犹太人的自我认知与民族认知必然会突破美国社会文化的语境而打上一个东方印记，从而使美国犹太人的犹太意识更加宽广而具有包容性。

作为二战亲历者，罗斯对当时美国社会的反犹呼声有切身的体验，这也成为他开始文学创作后重要的书写资源，其中投注了他对于当代犹太人在美状况的深深思索，一个重要的方面就是在“奥斯维辛之后，写诗是野蛮的”这样的背景下，反思当代美国犹太人应该以什么样的“犹太意识”来面对“后奥斯威辛”时代。

由于“流散时期”的各种苦难经历，美国犹太人在开始文学书写之初，就很注重表达内容的“政治正确性”问题，一方面展现早期美国犹太人种种辛劳，突出他们勤勉、肯干的良好品质，为他们经济发展、社会地位提升提供良好的解释说明；另一方面，由于美国社会所提供的远较欧洲好得多的生存空间，美国犹太文学中也多有对美国社会歌颂赞扬的作品。① 如此书写的目的，就是为了能为犹太人在美国人的生存发展创造一个良好的氛围，帮助他们更好地融入美国主流社会，同时也可以避免因刺激宗主国的文化意识形态，而带来不必要的麻烦。

这种情况在二战后变得尤为突出。美国犹太人为了自身的发展，对“大屠杀”采取了一种模糊处理方法：既然大屠杀的“美国化”标志着这个事件已经被提升到人类“正义”、“人道”的高度，既然“犹太受难”从耶稣开

---

① 美国总统约翰·泰勒曾经这样说过：“在其他地区受到迫害和压制的犹太人，现在定居在我们中间，没有人会使他们感到害怕。”（见 徐新《犹太文化史》：74 页）芝加哥广场矗立的犹太人哈伊姆·所罗门与华盛顿在一起的雕像，也是美国对犹太人所做出的杰出贡献的认可与肯定。投之以桃，报之以李，为了感谢美国对犹太民族的接纳与慷慨态度，很多美国犹太作家诗人都曾有过作品来歌颂美国的包容性，其中最为著名的是著名女诗人爱玛·拉匝鲁斯，她在诗作《新巨像》中，对纽约标志性建筑物自由女神像有过这样的溢美之词：“送给我，你受穷受累的人们，/你那拥挤着渴望呼吸自由的大众，/所有遗弃在你海滩上的悲惨众生，/给我，这些风浪中颠簸的无家之人，/我在黄金时代的门口高举我的明灯！”（见 李增主译《剑桥美国文学史》（第四卷）：386 页）

始便已经有了为整个人类受难的意味,那么美国犹太人如果继续自我标榜为“受迫害者”,就是在和美国主流认知作对,是在加深美国社会“负疚感”,这是十分不可取的态度;同时,犹太“受迫害者”这个标签,自然也会使人注意到他们的“非主流”地位,彰显他们的“客民”地位,从而使他们有可能再次沦为处于社会边缘的“他者”族群,这对于辛苦奋斗多年而渐为美国社会所接纳的犹太族群来说是得不偿失的。

对于二战后美国犹太人的这种思想意识,罗斯有着敏锐的感知,专门撰文对此做了深入的剖析与阐释。[①] 而在他的早期小说创作中,罗斯更是直面犹太移民在美国现实生活中所要面对的种种挑战,以抑郁甚至忧伤的笔调,展现了美国犹太移民生活中的悲欢离合,言说的方式“具有喜剧色彩,讽刺与挖苦的效果十分明显,而犹太人那种晦暗苦涩的灰色幽默也尽在其中”[②]。如此表现手法,明显已经犯了美国犹太社区的大忌,所以,虽然有一些对罗斯早期创作持肯定态度的批评家与评论家发文表示支持,但犹太社区的卫道士们则对罗斯创作大肆指责,甚至有批评家评论道:纽瓦克终于找到了自己的桂冠诗人——一位像这座城市本身一样“庸俗、滑稽、难以捉摸、可鄙与肮脏”的作家。[③] 如此迥异的态度,“一方面反映了当时美国保守的犹太社会抱残守缺的心态,另一方面也反映了新一代犹太移民及其后裔急于突破厚重的民族文化重围所做出的努力”[④]。

随着民权运动的发展、经济和社会地位的上升、以色列在中东战争中的胜利,美国犹太人开始走出了谨小慎微的心理状态。他们开始直面“大屠杀”,并以“受害者”的身份享受道义上的优势地位;同时,把以色列视为圣地,把为以色列和以色列犹太人而奔波努力视为理所当然的事情。在美国犹太文学表达上,出现了一批“以色列小说”,但它们中的多数经常“陷入对以色列彰显虔诚的传统中去”。[⑤] 当然,如此状况的出现,也离不

---

① 罗斯对美国犹太人在20世纪50、60年代思想意识方面的批判,本书作者在《文与时的对话——菲利普·罗斯早期批评思想概观》中有较为详尽的论述,这里不再赘述。

② 徐崇亮,论“反叛”犹太传统的美国当代作家菲力普·罗斯[J],南昌大学学报(人社版),2003(1):110。

③ Fielder, Leslie. “The Image of Newark and the Indignities of Love: Notes on Philip Roth.” Cf. Baumgarten, Murray, Cottfried, Barbara. *Understanding Philip Roth*. Columbia: University of South Carolina Press, 1990. p. 4.

④ 乔国强,美国犹太文学[M],北京:商务印书馆,2008。第444页。

⑤ Pinsker, Sanford. “They Dream of Zion: Jewish-American Novelists Re-create Israel.” *Jewish Exponent* [Philadelphia] 4 June 1993: 8x.

开美国社会多元化的宽松语境。对此，批评家特德·索罗塔洛夫的解释可谓切题，“在新的社会与文化的影响的漩涡中，美国被重新界定为‘多味汤’(multi-ingredient soup)以替代此前的‘熔炉’概念，犹太身份的主题越来越多地用以色列为背景就不足为怪了。”[①]

当代美国犹太作家的“以色列书写”，从源头上讲，都受到里昂·尤利斯(Leon Uris)流行小说《出埃及记》[②](*Exodus*, 1958)的影响。这部小说中充满对阿拉伯人的定型化偏见，而它广受赞誉的现实，使后来以此为创作题材的作家必须要谨小慎微，以免触犯了犹太社区接受的底线。对于《出埃及记》同其作者，罗斯曾专门撰文予以批判，指责他们合力创造出新的“犹太人刻板形象”。

《出埃及记》对阿拉伯世界的扭曲表达，也引发了文艺理论家萨义德的注意，其《文化与帝国主义》的相关言论解释了为什么有些美国犹太作家如此执著于“妖魔化”阿拉伯人：“我认为，作者并不是机械地为意识形态、阶级或经济历史所驱使；但是我相信，作者的确生活在他们自己的社会中，在不同程度上塑造着他们的历史和社会经验，也为他们的历史和经验所塑造。”[③]也就是说，没有完全超越于阶级、民族、文化、毫无功利性的“纯艺术”，因为“艺术家既有社会批评家的作用，又是社会的产物；既是仲裁者，又是文化的继承者。”[④]但这并不意味着美国犹太作家如此书写是恰当的、正义的，相反，对以色列的如此再现只能推升出一个新的“他者”——即作为“他者”而存在的阿拉伯人。对于这个问题的逆向思考，推动罗斯创作了《反生活》和《夏洛克行动》两部作品，从而把“描写以色列状况的美国犹太小说从传统的锡安主义宣传领域解救出来，”[⑤]为更全面地理解当代语境下犹太意识所包含的多元意蕴提供了路径。

二、罗斯的以色列书写

《反生活》是罗斯首次把以色列和以色列犹太人纳入严肃对待题材行

---

① Cf. 罗小云,《夏洛克行动》中内心探索的外化策略[J],当代外国文学,2009(3):95。

② 这本小说已经由高卫民先生翻译、由中国青年出版社于 2009 年出版。

③ 爱德华·W·萨义德,文化与帝国主义[M],李琨译,北京:生活·读书·新知三联书店,2004。第 17 页。

④ Andrew, Furman. “A New ‘Other’ Emerges in American Jewish Literature: Philip Roth’s Israel Fiction.” *Philip*

⑤ Ibid., p. 150.

列的小说,属于"后异化时期"表现"后异化"主题的典型作品。[①] 在这部小说中,罗斯通过祖克曼兄弟(内森·祖克曼和亨利·祖克曼)的奇特人生经历,来表现当代美国犹太人独特的族群意识。小说通过后现代手法,让主人公死而复生,以此来经历一种"反生活",即一种"对立人生",以此来表明那些持有犹太复国主义思想、并为之奋斗的以色列犹太人其实生活在充满了民族仇恨,坚持以眼还眼、以牙还牙的态度之下,背离了犹太传统,以至于英国广播公司的节目主持人无意中谈到现在的犹太人正用奥斯威辛的那一套对付阿拉伯人,这构成了一种历史反讽:受害者正在迫害另一个受害者,而迫害的理由恰恰是他们曾是受迫害者。

小说中人物的言辞在当代语境下都很有针对性。谈到当代犹太问题,以色列犹太人坚持说:"在犹太复国主义面前搞利己主义,那才是盲目狂热! 将个人利益、个人兴奋放在犹太民族的生存之上! 究竟谁是狂热盲从? 就是那些散居地的犹太人! ……就是这种无视犹太国家、犹太土地和犹太民族生存的人,这就是狂热盲从,狂热的无知,狂热地自欺欺人,狂热地厚颜无耻!"甚至有人叫嚣美国犹太人正在经历由于同化和通婚而带来的"第二次大屠杀","是一次精神上大屠杀。这同阿拉伯国家给予以色列的威胁同样致人死命。希特勒在奥斯威辛没有完成的事业,美国犹太人在他们自己的卧室里给完成了"[②]。他们无法原谅散居于异国他乡的犹太人,在他们的心目中,以色列才是永远的故乡与天堂。而在小说最后一章"基督世界"中,内森在英国的遭遇,逐渐地激发了他心底潜在的犹太意识。他妻子的姐姐萨拉的言辞中充满了种族主义偏见,甚至将内森的彬彬有礼讽刺地称为"犹太人特有的偏执狂深藏不露",(347)并建议内森读几本英国文学中反犹色彩浓厚的书,坚持说有些书"每翻五十页,你就可以找到一些公然的反犹言论。那不仅仅是一段作者的插话,而是所有读者与作者的共同意识"(350)。而他的岳母的态度也可以用极为不友

---

① 乔国强,后异化:菲利普·罗斯创作的新视域[J],外国文学研究,2005(5):56－61。在文章中,乔国强教授具体阐释了克莱默(Kremer)言下的"后异化"的实质:"指美国犹太移民完成与美国主流社会同化后所面临的问题,即如何对待'二战'中的'屠犹'问题,如何处理犹太人与非犹太人、犹太人与阿拉伯人之间的关系以及美国犹太人与以色列的关系等问题"。而对于"后异化"的时间断代问题,一般指"'二战'后犹太人完成与当地非犹太人同化的时代。"见文章56页。

② 菲利普·罗斯,反生活[M],楚至大,张运霞译,长沙:湖南人民出版社,1988。第120－121页。后面出现的本书引文,都采用本书译本,直接标注页码,不再另作标示。

好来形容。

无论是基督教世界还是犹太国以色列，对内森来说，都不是他的“希望之乡”。[①] 反观自己在美国的生活与经历，内森不禁慨然而叹，“问题是我想不起历史上有任何社会，达到美国那样宗教宽容制度化的水平，也没有一个地方像美国那样，将自己所宣称的梦想置于多元文化的中心”，“从长远看，作为一个犹太人，我在我的祖国可能比艾尔恰南先生和舒基及其子孙们在自己的祖国生活的更安全”。(61)至此，内森对于美国犹太人，尤其是犹太知识分子，所应持有的犹太意识做了一个清晰的归纳与总结。

罗斯在1993年出版的《夏洛克行动》中对这个问题进行了更深层次的探讨。莎士比亚在《威尼斯商人》为后世留下了一个定型化的犹太人标签——夏洛克，一个贪婪、狠毒、报复心极强的犹太高利贷者。这个形象的出现，应该说在一定程度上，是莎翁在所处时代人们对犹太人偏见与歧视的基础上提炼出来并经过艺术加工而来的，成为犹太人流散史上民族冲突与迫害的一个典型案例。但到了20世纪后半期，《夏洛克行动》中的夏洛克这个名字却不再是那个为人们所熟知的、输了官司后灰溜溜夹着尾巴做人的犹太可怜虫了，它被罗斯赋予了全新的内容。

正如肖斯塔克所言，在《夏洛克行动》一书中，罗斯对“以色列是怎样凭借它犹太家园的象征权利而给流散犹太人带来了身份危机”这一问题产生了浓厚的兴趣。[②] 而对这一问题的探寻，是以小说主人公、小说家菲利普·罗斯和他的冒名顶替者“皮皮克”之间的身份之争为主线展开的。[③]

小说开始的时候，罗斯正在纽约的家中，关注以色列法庭对二战纳粹罪犯约翰·德米扬鲁克(臭名昭著的纳粹死亡集中营警卫“恐怖的伊万”)进行的审判大会。但来自表弟阿普特和好友犹太作家阿佩尔菲尔德的电话，使罗斯突然知悉，还有另一个“菲利普·罗斯”出现在以色列，并在散

---

① 黄铁池，追寻“希望之乡”——菲利普·罗斯后现代实验小说《反生活》解读[J]，外国文学研究，2007(6)：97－103。

② Shostak, Debra. “The Diaspora Jew and the ‘Instinct of Impersonation’: Philip Roth’s *Operation Shylock*.” *Contemporary Literature* 38 (1997): 742.

③ 小说中的主人公菲利普·罗斯在获知有一个冒名顶替者在以色列以他的名义活动后，便给他命名为“莫伊瑟·皮皮克”(Moishe Pipik)，意第绪语为“摩西肚脐眼”之意，以此暗示讽刺调侃之意。本论文中，小说人物菲利普·罗斯被称为罗斯，与他的冒名顶替者皮皮克对应，以示区别。

布犹太人应该流散回欧洲的思想。对于出现在以色列的那个“罗斯”皮皮克，罗斯充满了小说家应有的好奇感。

不顾妻子克莱尔的反对，他远赴耶路撒冷，去直面另一个“自我”。虽然在他的心底，他深深明白“一般情况下，另外那个自我都是个体对难以启齿的欲望的投射”[①]。如此一来，直面这个冒充者从象征意义上对小说家罗斯来说，便具有了自我发现之旅的特征，这也是为什么在之前的一次通话过程中，罗斯会对皮皮克产生很强的认同感：“我的心跳明显加速，就好像第一次和毫不逊色于让·热内的同伙一起做抢劫大买卖一样——这并非仅仅是一种欺骗行为，而是很有趣的事情。想想吧，他在电话那头冒充我，而我则在电话这边掩盖起自己的真实身份。”(40)

罗斯和皮皮克终于在以色列见面了。虽然罗斯对皮皮克的行为义愤填膺，但皮皮克却对罗斯崇拜有加，自称是罗斯作品的忠实读者，阅读了罗斯所有的作品，直至今日依然对《放手》(*Letting Go*)情有独钟。皮皮克声言，自己对罗斯如此了解，完全有资格做罗斯的传记作家。

罗斯对这样一位仰慕者并没有什么特殊的好感，他所关心的是如何才能阻止自己的身份被继续盗用，所以他坚持皮皮克应该马上停止使用自己的名字。对此，皮皮克坚持自己以罗斯的面目示人，宣扬犹太流散思想，丝毫不关乎个人利益，完全是从整个族群的福祉出发，为了犹太人能够更好地生活在这个世界上不得已而为之的事情。因为在他看来，犹太人又一次走到了历史的十字街头，而造成这种状况的原因恰恰是以色列国的存在。

在皮皮克看来，“二战结束以来，以色列已经对犹太人的生存构成了最严重的威胁”。(41)之所以如此，是因为以色列已经完成了她的历史使命：

> 大屠杀后，以色列确实一度是犹太人医治战争创伤的一座“心理健康中心”：在这里，犹太人可以从具有毁灭效果的恐惧感中恢复过来，从令人难以容忍的人性泯灭中走出来。对很多人来说，这种毁灭人性的感觉是如此可怖，如果他们中有人陷入愤怒、耻辱和忧伤的状态而无法自拔便毫不奇怪了。但是，情况并非如此。我们的恢复期

---

① Safer, Elaine B. *Mocking the Age: The Later Novels of Philip Roth*. Albany: State University of New York Press, 2006. p. 45.

> 已经过去。而这用了不到一个世纪的时间。奇迹,简直是奇迹,——然而犹太人的精神康复已然成为事实,那么重返我们真正的生活与家园、回到犹太祖先所生活过的欧洲的时刻也已经到来了。(41—42)

如果以色列不能够正视自己的历史地位而执著于犹太"应许之地"的梦想,那么在这块土地上,很有可能会发生另一场大屠杀,这一次受难的将是那些从欧洲逃离出来的犹太人的后裔。他们本意要寻找一个更为安全的立命之所,却不曾料到将在中东地区遭遇新的灭绝种族的大屠杀。这种情况出现的概率很大,因为随着阿拉伯人和犹太人矛盾冲突的升级,这一结果是无法避免的。而对于犹太人重返欧洲可能会面对的歧视与偏见问题,皮皮克则坚持"无论欧洲存在针对犹太人的何种仇恨心理——我不会低估其持续性——都要面对……大屠杀的记忆,而这种恐惧已经成为对抗欧洲反犹主义的坚强堡垒,无论多么强烈的反犹情绪都无法攻破。在伊斯兰这里却没有这样的堡垒"。(44—45)这样的思想认知为他的犹太散居论提供了理论基础。

皮皮克认为以色列现在所造成的紧张关系将把犹太人带入毁灭的边缘,把向往和平安宁生活的人们重新纳入战争的轨道,这对于犹太事业的发展毫无益处可言。为了民族的发展,他倡导犹太人应该从以色列流散出去,回到先人曾经生活过的欧洲大陆,在"大屠杀"为犹太人赢得的道义制高点的庇护下,开始新的散居历程。如此一来,以色列犹太人的人口数量将会减半,国土面积也会缩减到犹太建国前的状态,如此一来,犹太人与阿拉伯人之间也将不再存在领土争端,两族人民都能享受安定、和平的生活,自然,第二次犹太大屠杀也不会成为现实。

但对罗斯而言,皮皮克只是他身份的僭越者,仅此而已。当务之急,是"把自己与冒名顶替者莫伊瑟·皮皮克区分开"[1]。然而,皮皮克却对他们之间的关系有自己的看法。在写给罗斯的信中,皮皮克坦陈自从1959年读过《再见,哥伦布》后,他的生活便发生了变化,因为他知道了自己所要充当的角色:"我就是赤裸裸的你/先知的你/自我牺牲的你。"(87)在此基础上,皮皮克请求罗斯仍然允许他使用罗斯的名字,以此来表达

---

① Safer, Elaine B. *Mocking the Age: The Later Novels of Philip Roth*. Albany: State University of New York Press, 2006. p. 56.

"你对犹太人的爱/对他们的敌人的恨/这才是你所写过的每一个字"。而随着情节的发展，当罗斯开始扮演起皮皮克的角色时，他才渐渐地意识到他的思想意识开始和皮皮克的发生了融合：皮皮克，这个身份的僭越者，"带着我的面具，传达我的思想，"(253)俨然已经成为"我"的分身。其实，第三章的题目"我们"已然昭示罗斯和皮皮克两者恰恰构成一个主体身份的"二元对立"状态。皮皮克对于以色列犹太人流散问题的思考，也为当代犹太感性的扩容提供了一个思考点。

关于以色列问题的思考，作为当事一方的阿拉伯人的在场是十分必要的，因为他们的认识与感受直接影响到以色列的安全与犹太人的生活。在《夏洛克行动》中，代表着阿拉伯人出场发表意见的是罗斯在芝加哥大学读研究生时的友人，乔治·孜亚德，一个巴勒斯坦极端主义分子，同时也是"美国犹太文学中第一个重要的巴勒斯坦人形象"。[①]

孜亚德从芝加哥大学毕业后，便回到中东地区执教，后来积极参与到巴勒斯坦民族解放运动中。当看到罗斯的时候，他马上就产生了一种亲近感，因为他误把罗斯当成了冒名顶替者皮皮克，一个敢冒犹太复国主义之大不韪、提倡犹太人重新安置计划的美国犹太人。而罗斯却由于被皮皮克冒充身份而心有不甘，在几次被人误认为是皮皮克后，决定"盗用那个冒充我身份的盗用者的身份"，(156)以"一点犹太恶作剧"的方式来体验另一种人生。

在与孜亚德接触的过程中，罗斯了解到以色列的另一面。孜亚德指责以色列犹太人利用"受难者神话"来获取国际同情与支持，作为他们开疆拓土的基础；同时，却把他们曾经遭受过的苦难毫不犹豫地加诸巴勒斯坦的阿拉伯人身上，以此来确保他们的利益不受到威胁。"什么可以解释以色列抓住每一个机会扩张领土的要求？奥斯威辛。什么可以解释轰炸贝鲁特的平民？奥斯威辛。"(132)

虽然罗斯认为孜亚德的观点是纯粹的意识形态论调，是反抗的热情冲昏理智的结果，但不可否认的是，孜亚德所坚持的"以色列国已经从死去的六百万人身上榨取了最后一点道德价值"(135)的提法却是直指问题的根本：以色列和美国犹太人长久以来一直利用大屠杀的道德优势为以

---

① Andrew, Furman. "A New 'Other' Emerges in American Jewish Literature: Philip Roth's Israel Fiction." *Philip Roth*. ed. Harold Bloom. Philadelphia: Chelsea House, 2003. p. 150.

色列国家行为寻找合理性与合法性，这种情况已经为一些犹太人所诟病，这也是为什么会有犹太人暗中支持阿拉法特的原因。正如评论家安德鲁所言："虽然罗斯赋予孜亚德这个人物极端迷幻色彩，以此来降低其言说的可靠性，但这个巴勒斯坦人却把他的手指搭在了当下我们探讨中东问题所进行的文化讨论的脉搏上。"[①]

罗斯到达耶路撒冷时，以色列正在进行着对"恐怖的伊万"的审判。对孜亚德而言，这场旷日持久的审判其实不过是犹太人的公关策略而已，是犹太人企图拥有武装力量、控制该地区的最好的借口而已。但接下来的一场对巴勒斯坦少年的审判，展示了这个社会的另一番图景。

在孜亚德的带领下，罗斯来到了以色列的一个地方法庭，去旁听几个正在受审的阿拉伯少年的案件。罗斯仔细观察着法庭：犹太旗帜、犹太法官、犹太律师，一切都处于犹太人的监管之下，我们不禁要怀疑，在这样的法庭上，巴勒斯坦人会得到公正的判决吗？但对于以色列犹太人来说，这样的法庭正是千百年来犹太人梦寐以求的话语权的表达方式：

> 到处可见犹太人法官、犹太人法律、犹太人旗帜和非犹太被告。这是数百年来犹太人梦想的法庭，是比拥有自己的国家和军队更渴望的东西：我们终于可以决定正义！
>
> 这一天到来了，令人称奇，我们在这里决定一切。这是人类另一梦想的非理性的实现。[②]（140—141）

"决定正义"、"决定一切"，多么豪迈的壮语。"决定"而非根据事实情况审判得出结论，这是以色列国司法体系提供给犹太人的特权。面对这样的情况，巴勒斯坦人被告若要赢得官司，则只能求助于正统犹太教派的辩护律师来为他们进行辩护，而这些犹太律师们通常对这些巴勒斯坦人没有多少同情心。两个反差巨大的案件的审理，对罗斯造成了很大的冲击，使他开始对以色列的道德底线持保留态度。

当然，对以色列的书写持一种置身事外的批判态度是需要很大勇气的。批评家拉扎尔在评论中回应了罗斯对以色列的"另类"再现："以色列的民族主义、战斗精神和民族纯化到底带来了什么？对黎巴嫩的入侵、在

---

① Andrew, Furman. "A New 'Other' Emerges in American Jewish Literature: Philip Roth's Israel Fiction." *Philip Roth*. ed. Harold Bloom. Philadelphia: Chelsea House, 2003. p. 159.

② Cf. 罗小云，《夏洛克行动》中内心探索的外化策略[J]，当代外国文学，2009(3)：99。

约旦河西岸与加沙地带建立定居点，以及巴勒斯坦人的反抗。”①

当然，对于罗斯这种美国犹太人的“超然”态度，生活在以色列的犹太人也是颇有微词。远离中东地区的冲突与暴力，在散居地享受着现代文明所能提供的舒适的生活条件，却站在“道德”的高点上批判以色列犹太人为了民族生存所做的努力，这是以色列摩萨德成员斯莫尔伯格所不能忍受的。针对中东问题，他讥讽以罗斯为代表的散居犹太人说：

> 随你们到哪里去享受吧，没有人责怪你！这是完全改变了的美国犹太人的奢侈的幸福，好好享受吧。你们就是那种美观的、罕见的、最漂亮的景象，是真正解放了的犹太人。……生活舒适的犹太人！快乐的犹太人！去吧，选吧，拿吧，占有吧！被赐福的犹太人，没有谁会谴责你们，没有谁会因为我们历史性的斗争而为难你们。②(352)

虽然从自身职责角度出发，斯莫尔伯格对散居犹太人不关注以色列犹太人生存状况予以谴责，但作为知识分子的他，对自己为以色列国家利益所做的冷酷行为也有清醒的认识：“我们对巴勒斯坦人所做的事情是邪恶的。我们迫使他们离乡背井，还迫害他们。我们驱逐他们、痛打他们、折磨他们、谋杀他们。……我们背叛了自己的历史——我们对巴勒斯坦人所做的，正是基督徒曾经施加给我们的：把他们系统化地转换为可鄙的、臣服的他者，进而剥夺他们做人的尊严。”(349—350)正是因为对自己的行为有清醒的认识，斯莫尔伯格才会对罗斯坦言，如果将来的某一天，巴勒斯坦人民要对他进行审判，他将不会为自己辩护、会心甘情愿地接受历史的制裁。

这位摩萨德成员，在与罗斯的论辩中，把犹太民族内部的苦痛归结为犹太人缺乏同胞手足之情，是犹太人过于雄辩的口才惹的祸。(332)雄辩意味着个体声音的表达，如果每个犹太人都有所表达，那么在众声喧哗的情况下，一定会凸显分歧与冲突。对此，斯莫尔伯格深有体会：

> 这种分歧不仅出现在犹太人之间——它就出现在每一个犹太个体的内部……在每一个犹太人的内部，都有一群犹太人。好犹太人，

① Lazare, Daniel. “Philip Roth’s Diasporism: A Symposium.” *Tikkun* May-June 1993: 41—45, 73. Cf. *Philip Roth*. ed. Harold Bloom. Philadelphia: Chelsea House, 2003. p. 160.

② Cf. 罗小云，《夏洛克行动》中内心探索的外化策略[J]，当代外国文学，2009(3)：98。

> 坏犹太人。新犹太人,旧犹太人。犹太人热爱者,犹太人憎恨者。非犹太人的朋友,非犹太人的敌人。傲慢的犹太人,受伤的犹太人。虔诚的犹太人,无赖的犹太人。粗野的犹太人,谦恭的犹太人。挑衅的犹太人,让步的犹太人。遵守犹太教的犹太人,不遵守犹太教的犹太人。[①] (334)

凭借其对犹太人内部特点的准确把握,斯莫尔伯格一派采取"动之以情、晓之以理"的做法,把他们尽数纳入到摩萨德的各种行动中来,心甘情愿地为以色列的国家安全与以色列犹太人的福祉而效力。小说主人公罗斯一直在文学创作上坚持独立批判精神,并曾经被指责对犹太人事务漠不关心,但在斯莫尔伯格这样的摩萨德的"感召"下,他还是最终接受了摩萨德所实行的"夏洛克行动",即充当"反我"皮皮克的角色,去会晤阿拉法特,并顺利地完成了任务,查清了哪些犹太人在秘密资助巴解组织。最后,为了不泄露摩萨德的信息,小说最后一章被删除了。这里,罗斯似乎在肯定一点,那就是,犹太人,无论是身处以色列,还是散居他地,当面对犹太民族利益时,往往都会义无反顾地选择无私奉献。

作品中还有一个人物对当代犹太感性提出了自己的见解,他便是罗斯的朋友阿哈龙·阿佩尔菲尔德。阿佩尔菲尔德是纳粹大屠杀的幸存者,14 岁徒步来到以色列定居下来,从事文学创作。作为生活在以色列的犹太知识分子,他对犹太问题有特别的认识。对于散居各地、已经被同化了的犹太人,阿佩尔菲尔德认为:"同化了的犹太人构建了一套人文价值体系,并以此为坐标向外看世界。他们确信他们不再是犹太人,适用于'犹太人'的不再适用于他们。那种奇怪的确信使他们成为盲人或者半盲的人。我一直热爱着同化了的犹太人,因为那正是犹太性格,而且也许正是犹太人的命运得到最大强调的地方。"[②]这是一个遭遇过磨难却又无法摆脱历史重负的犹太人,对当代世界犹太人状况的独到概括:既对散居犹太人盲目乐观的确信表示批判,同时又对这种确定性情有独钟,因为这才是过去近两千年以来散居犹太人所经历的生活。对今天的以色列犹太人而言,这样的确信却是镜中花、水中月。

---

① Cf. 孟宪华,追寻、僭越与迷失——菲利普·罗斯后期小说中犹太人生存状态研究[D],北京:中央民族大学,2011。第 110 页。

② Cf. 菲利普·罗斯,行话:与名作家论文艺[M],蒋道超译,南京:译林出版社,2010。第 35 页。

菲利普·罗斯在《夏洛克行动》中，把以色列作为书写的背景，直面中东问题对当代犹太人造成的困惑，力图通过自己的文学阐释，让不同的声音都有表达的机会，以此增进世人对以色列的了解与认识。同时，通过对具体犹太人有巴勒斯坦人思想观点的展现，罗斯为它们之间的交锋与互动提供了一个平台，从而为犹太人争取更为和谐的生存环境提供了认识基础。正如罗小云教授所言，通过这部作品，罗斯“期望化解文化、种族、宗教和历史方面的矛盾，加强沟通以谋求永久和平”①。

① 罗小云，《夏洛克行动》中内心探索的外化策略[J]，当代外国文学，2009(3)：101。

第四章　罗斯后期小说中的越界书写:坚守

前一章结合罗斯作品对越界的一个方面做了论述,但正如梳理越界概念时所强调的那样,逾越概念本身便是一个"二元对立"的结合体,它依存于两个方面的对立统一才能够获得存在的资格。也就是说,越界为了讽谏目的而有意违反既定规则、传统的同时,它也一定有意欲彰显的内容蕴藏其中,并以此来提倡、伸张某些理念或思想。当然,作为文学批评研究对象的作品中的越界现象,由于作家本身教育、文化、族群、社会等各方面背景的差异,作品通过越界所要伸张的内容也会千差万别。正如艾默生在他的《论艺术》中所言:

> 没有人能够把自己从所处的时代与国家中解放出来,或者创造出一个所处时代教育、宗教、政治、惯用法和艺术都不能影响到的模型。虽然他从来都缺乏原创性、从未如此固执、如此有趣,但他不能从其作品中剔除任何该作品成长于其中的思想痕迹。规避本身就暴露了他所避免使用的惯用法。超乎他的意愿,不在视野范围之内,他被他所呼吸的空气与他和他的同代人依存于并努力为之奋斗的理想所激励,去分析他那个时代的风俗,虽然他不知道这个风俗到底是什么。①

在20世纪晚期的美国,菲利普·罗斯又意欲通过他创作中的越界书写来强调什么、伸张什么呢?阅读罗斯的后期作品,一个突出的感觉就是他已经从以往家庭、个人的狭小视野中解放出来,把他的眼光投向了更为广阔的社会历史文化空间,以一种新现实主义手法来展现后现代社会中"竭力想恢复自我的人道主义呼声。"②

在这种创作思想的指引下,罗斯后期创作了"美国三部曲"等一系列作品,对当代美国社会、尤其是美国犹太社区做了一番全新的考量。对这

① Emerson, Ralph Waldo. "Art." *Selected Writings of Emerson*. Ed. Donald. McQuade. New York: Modern Library, 1981. p. 290.

② Bradbury, Malcolm. "Neorealist Fiction." *Columbia Literary History of the United States*. ed. Emory Elliott. New York: Columbia University Press, 1988. p. 1135.

些作品的阅读，揭示了这样一个事实：即在对意识形态、犹太感性等方面进行批驳讽谏的同时，更多地着力于对某些理念的彰显与伸张，以此来强调新千年背景下美国犹太人群体所承载的新的时代内涵，而这些理念主要是通过作品主体间性与主人公的历史意识来展示的。

第一节　主体间性

罗斯文学创作可以划分为前后两个时期，关注点有显著的变化。早期的作品更多地关注犹太二代移民的生活与境遇。他们由于受到家庭、传统、社区、社会的限制与禁锢，从而产生了抵触、逆反的心理，不惜采取各种方式来反抗加之于身的束缚，因而造成与家庭、传统、社区、社会关系紧张，并导致各种心理、生理问题的出现，反映了那个阶段犹太二代移民在文化认同上的困惑与挣扎。但随着罗斯年龄的增长和创作视域的不断开阔，他文学创作的聚焦也在不断地发生着变化，开始反思早期作品中的人物之间的代际冲突、文化冲突，开始把目光投向新的目标：如何再现人与人之间的和谐共处，以主体间性思想中的我—你关系为创作内核，开始了新的文学书写进程。

一、疏离 叛逆 反抗

自从《再见，哥伦布》开始，罗斯的笔下便出现了众多"反叛"犹太传统的人物，他们通过对传统的逾越，来表达对自身处境的不满、苦闷与无奈。前文通过对《再见，哥伦布》和《波特诺的怨诉》的分析，揭示出越界书写在其早期文学创作中所发挥的重要作用。但越界书写并非仅仅体现在这两部早期作品中，祖克曼系列更是罗斯越界书写的重要载体。

《鬼作家》是三部曲的第一部，讲述的是刚刚踏入文坛的年轻作家内森，由于文学创作的题材涉及犹太人不太光彩的一面，要把根据家庭内部财务龌龊所写的小说《高等教育》呈现给世人，而受到父亲的责备，称他的行为是对"家庭荣誉和信任的最可耻的和最不光彩的侵犯"[①]。其实，内森与父母间的疏离早就出现过："在青春期发生过火气旺盛的吵架——周

① 罗思等著，鬼作家[M]，董乐山译，北京：中央编译出版社，2010。第 329 页。以后引自该书，只标页码。

末深夜不归、皮鞋的流行样式、高中时代常去的不卫生的地方、他们总说我喜欢顶嘴而我总是不断否认”，(329)但和这次因为艺术创作而引发的家庭危机相较而言，此前的冲突还是比较温和的，因为它们更像是青春期的叛逆行为，而非价值观与认知方式方面的冲突。家人的不理解与责难，使内森精神上感觉很是苦闷，所以他决定去拜访洛诺夫，一位处于隐居状态的老作家，他心目中真正的作家。对内森而言，去拜访洛诺夫便是为了“充当 E. I. 洛诺夫的精神上的儿子而来的，就是为了要祈求得到他道义上的帮助，如果能够做到的话，得到他的支持和钟爱的神奇庇佑”。(281)

对于文学创作，内森认为他应该享有充分的自由，不应该因为自己书写涉及犹太人生活的阴暗面而受到指责与诟病，“如果一个作家没有魄力面对这种不可解决的冲突而继续写下去，那么他就谈不上是个作家了”。(350)但来自父母的压力让他实实在在地感受了秉持独立自主创作原则的不易。父亲指责他不应该把犹太人家庭内部的金钱纠纷以写实的手法呈现给读者，这样做的后果只有一个，便是加重对犹太人的刻板印象，使人们把当下的犹太人和莎翁笔下的夏洛克联系起来，因为“在外教人看来，说的就是一件事，而且只有这件事情……它说的就是犹太佬。犹太佬和他们的贪财。我可以向你保证，我们信仰基督教的好朋友看到的就是这个。”(338)

看到自己的劝阻与指责没有起到作用，父亲转而向纽瓦克德高望重的犹太法官奥波德·瓦普特求助。由于瓦普特法官当年曾经推荐内森进入芝加哥大学学习，所以内森和法官也有过答谢书信往来，但内森第二次收到法官信件的时候，他发现这不是一份普通的信件，而是一封对《高等教育》措辞较为婉转的指责信。在信中，法官指出虽然“艺术家无不总是认为自己超脱于他所生活的社会的规范之上”，但“艺术家对自己的同胞，对自己所生活的社会，对真理和正义的事业，负有一定的责任”。(343)所以鉴于艺术家的责任感，法官建议内森以责任为准绳来决定是否发表他的作品。为了唤醒内森的“良知”，帮助内森正视对自己族群所负的“责任”，法官和妻子给内森提出来十个严肃而难以回答的问题：

1. 如果你生活在三十年代的纳粹德国，你会写这样一篇小说吗？

2. 你认为莎士比亚笔下的夏洛克和狄更斯笔下的法勒对反犹主义没有起作用吗？

3. 你信奉犹太教吗？如是，为何信奉？如否，你凭什么资格为全国性刊物写犹太人生活？

……

10. 你能否诚实地说，在你的短篇小说中不会有使尤利乌斯·施特莱彻或约瑟夫·戈培尔[①]感到痛快的东西。(344—345)

对于法官的指责，内森采取的措施便是直接忽视其复函要求，没有对这十个问题做出任何答复。三周后，在夸赛修养地，内森接到了母亲打来的电话，责问其为什么没有给法官回信，言明这样的大人物是不能开罪的，并督促内森快些复信，或者给父亲打个电话，因为这件事令父亲也很难过。

对于法官的来函，内森也有满腹的委屈，“三巨头，妈妈！施特莱彻、戈培尔和你的儿子！”(347)法官的十个问题，把没有从犹太责任感出发描写犹太人的内森划入了纳粹的行列，这个比喻的严肃性可见一斑。作为过来人的妈妈，也直言在犹太人的历史上，“暴力对犹太人来说不是新鲜的事儿。”(347)但内森也针锋相对地指出，那些事情发生在欧洲，而非纽瓦克，在纽瓦克，只有整形的犹太姑娘在遭受着人体的暴力。(347)在彼此谁也无法说服对方的情况下，母亲也开始对儿子的立场产生了怀疑，问他“是否喜欢犹太人”，是否“真的反犹”？(348)专注于文学事业，按照自己的思路进行文学创作，却被横加指责，受到粗暴的对待，被法官这样的道德权威指斥为缺乏民族责任感，被母亲哀求、指责，忍无可忍的内森终于控制不住心内的怒火，在电话里向母亲发泄出内心的不满：“我不要别人管我。”(349)至此，一个全身心投入文学事业的文艺青年，在经历了疏离与叛逆的阶段后，终于完成了其对于犹太传统的反叛与否定，成为一位拥有独特声音的文艺青年。

在《解放了的祖克曼》中，这种异化了的关系依然存在，直接体现在父亲对儿子的态度。内森·祖克曼出版了小说《卡尔诺夫斯基》，再次塑造了不遵循犹太传统的美国犹太人形象，为自己带来了巨大文学声誉。父亲因为该著作的出版而病发入院。当内森·祖克曼去看望父亲的时候，奄奄一息的父亲却积攒全身的力气向内森·祖克曼说出了人生的最后一

---

① 二战期间，德国纳粹的狂热支持者，希特勒的助手，施特莱彻曾任纳粹党的领袖，而戈培尔曾任纳粹政府宣传部长。

个词“混球”(bastard)[①]起初内森还无法确定父亲喊出的是这个词,但弟弟亨利明确地告诉他,父亲说的是“混球”,而他也认为内森“确实是一个混球,一个没心肝的混球”。(217)在弟弟亨利的眼中,内森是一个不知廉耻为何物的家伙,一切都可以成为他谋取成功的工具,没有什么是他不能利用的。在亨利看来,正是内森的《卡尔诺夫斯基》最后要了父亲的命,“内森,你杀死了他。谁也不愿意告诉你……但是事实是,你用那本书杀死了他,内森。当然,他说的是‘混球’。”(217)至此,内森追求的独立、自由的创作原则,导致家庭关系紧张,其人生也一塌糊涂。

《解剖课》中,内森由于《卡尔诺夫斯基》的成功带来的强大压力而感觉背部、颈部、肩部和手臂疼痛难当,使他成为一个近乎于瘫痪的人。不甘心于坐以待毙,内森开始访医问药,但都没有什么效果。最后,内森“认同心理医生的观点,认为疼痛感来自于他的负疚心理,尤其是对犹太家庭和犹太社区的负疚感:即他在文学创作上对父母的无情,以及他以牺牲整个种族为代价而换取文学成功的‘行径’”[②]。在一定程度上,这种病痛是一种自我惩罚的方式,“是因对家人的生动描写而受到的惩罚,是因自己的庸俗冒犯了数百万人而受到的惩罚,是因败俗而触动自己种族而受到的惩罚”[③]。为了实现对所犯罪愆的救赎,内森决定弃文从医,成为父亲一样的医生,从而减少心理上的负疚感。而在整个书写的过程中,还有一位重要人物与内森发生了龃龉,那便是批评家弥尔顿·阿佩尔。虽然阿佩尔曾经在内森初涉文坛时多有提携,但《卡尔诺夫斯基》的出版却导致阿佩尔对内森倒戈相向,并把内森定性为通过贬低犹太人来取悦美国社会的犹太逆子。对阿佩尔的指责,内森耿耿于怀,并伺机报复。于是,内森假冒阿佩尔,声称自己靠出版情色文学为生。

从对“祖克曼三部曲”的分析可以看出,早期罗斯书写中充满了人物与家庭、社区、社会的冲突与矛盾,反映出在多变的美国社会中一些犹太青年所经受的困惑与失落感。而在后期创作中,这个关注点已经逐渐淡出罗斯的视野,因为他已经把书写的重点转移到主体间性方面。

---

① Roth, Philip. *Zuckerman Unbound*. New York: Vintage International, 1995. p. 193. 相同引注只标页码。

② 孟宪华,追寻、僭越与迷失——菲利普·罗斯后期小说中犹太人生存状态研究[D],北京:中央民族大学,2011。第61页。

③ Roth, Philip. *The Anatomy Lesson*. New York: Vintage International, 1996. p. 34.

二、主体间性的伸张

自欧洲启蒙时期以来，为了抵制和反抗盛行于中世纪的神学、客观唯心主义传统，西方思想界便大肆张扬"主体性"，强化主观与客观的对立，突出唯物与唯心的相悖；以至于后启蒙时期的形而上学意识愈发走向极端，将哲学和美学对立起来，使得批评理论与实践面临着作茧自缚的窘境。胡塞尔打破藩篱，以为现象学正名为契机，重新提出世界是主客观的统一，是主体与客体的融合。当时，胡氏的理论面临一个难题：共同认识何以实现？为了阐释这个问题，胡塞尔提出，没有纯粹的客体，所有客体都是经由主体意象加工过的客体；也无所谓单独存在的主体，所有主体都是多个先验的自我的集合（每个先验的自我都自然会关乎"他者"）。多个主体之间发生联系，所以共同认识成为现实。现象学的基本精神和实践原则就是探求人类思想的本源，克服二元论的思维方式，他提出这一理论，试图摆脱"主体论"的窠臼，避免了"唯我论"陷阱，但是不足之处是他点到为止、所提出的"主体间性"仍然以认识论为本，是单纯的主客体之间关系模式，没有能够彻底挣脱"主体论"的束缚。

不可否认的是，正是胡塞尔的卓越贡献为 20 世纪哲学发展开辟了一条新路，"使理解的存在论取代传统的认识论模式成为了可能。"[①]海德格尔在胡塞尔的理论基础上做出突破，不再纠缠于现象与本质的对立，通过重建存在主义理论，深入发掘"此在"的根本含义，从而使"作为此在的人"成为哲学的根本问题。海德格尔指出，"由于这种有共同性的在世之故，世界向来已经总是我和他人分有的世界。此在的世界是共同世界。'在之中'就是与他人共同存在。他人的世界之内的自在存在就是共同存在。"[②]换言之，个人既是社会生活的主体，也是他人生活中的客体，每个个体既是主体，也同时担当了客体之职，主体和客体之间形成了必然的依存关系。因而"同在"、"共在"要求"理解认识他人"，而理解的过程不仅仅是对被理解的对象作出阐释，这个过程直接构成了具有理解能力的主体的存在，是谓"彼此不分"，也就无所谓独立或者对立的存在。由此，海德格尔完成了"本体论变革"，并从崭新的视角来阐释历史、时间、真实和美

---

① 潘德荣，诠释学：从主客体间性到主体间性[J]，安徽师范大学学报（人社版），2002(3)：276。

② 海德格尔，存在与时间[M]，北京：三联书店，1987。第 146 页。

等哲学的核心命题。

其后，海德格尔的学生伽达默尔继承了存在主义的精髓，并将之发扬光大，他的独到之处是将“解释”界定为主体间的对话，在此意义上，所有的理解对象都被有意识地主体化了。“理解摆脱了主体对对象的不关心、偏见和工具性态度，转化为自我对他我的关注、尊重和交往，从而使主客对立关系转化为主体间性关系。”[①]在解释历史的意义时，他提出“效果历史”，意为人们的理解作用在历史中，真实的历史势必是为我们所理解的历史，于是，阅读历史便是“与历史对话”。伽达默尔提出的理解的实质就是“通过对话超越自己的个体有限的视界，而使对话双方达到一种新的、更高层次的境界”[②]。对于文本，伽达默尔认为，阅读主体（读者）的解释是文本意义存在的根本，所以文本没有“与生俱来”的意义，所有的意义都是在阅读过程中，由具有‘能动性’的主体创造出来的。语言赋予了人类“共同性”，将我们和世界整体连接起来。但是，“语言按其本质乃是谈话的语言，它只有通过互相理解的过程才能构成自己的现实性”[③]。

马丁·布伯展现的是更为彻底的主体间性学说。在他看来，存在本质上是一种相互关系，而非实体，他反对海德格尔使用“我—他”概念来指称各种关系，提出用“我—你”概念取而代之。因为“我—他”依然暗示着主体—客体关系，而“我—你”则已经演变为主体—主体关系。他认为“我—你”关系可以适用于人与人之间、人与自然之间、人与神灵之间，以此来“体现了纯净的、万有一体之情怀”。[④] 虽然，布伯的学说发自宗教思想根源，但是却在当代社会具有普遍意义，得到生态哲学和生态美学研究者的推崇。

另一方面，诠释学从施莱尔马赫发展至狄尔泰，已经成功地融合了主体间性的理学范畴。“作品的精神生命参与读者的生命之创造，读者能比作者更好的理解作品。”[⑤]哈贝马斯的交往理论落脚点即是主体之间的交

① 杨春时，审美与审美同情：审美主体间性的构成[J]，厦门大学学报（哲社版），2006(5)：43－48。

② 伽达默尔，真理与方法（上卷）[M]，洪汉鼎译，上海：上海译文出版社，1999。第393－4页。

③ 同上书，第570页。

④ 马丁·布伯，我与你[M]，陈维纲译，北京：三联书店，1991。第23页。

⑤ 潘德荣，诠释学：从主客体间性到主体间性[J]，安徽师范大学学报（人社版），2002(3)：275。

往、互动，通过认可他人的价值，同时使得自我的价值得到认可，从而实现了人与人之间的理解与和谐。大卫·格里芬提出世界的“返魅”，反驳启蒙理性的“祛魅”，积极地肯定了“世界的主体性和存在的主体间性”。[①]纵观主体间性理论的诞生和发展历程，我们可以概括说：主体间性展现的是一种崭新的认识论，它反对过去把世界看作为被动的、无知无觉的客体，任由人类（他者）改造、利用甚至是破坏，反而将其视作为与自我一样存在的主体，拥有价值、意义和表达能力。这种纯粹的、本真的存在，使得世间万物、一切关系都有权利去进行平等地、相互的“对话”，并使得人类最终有可能把握世界、实现完美意义的自由。

2002年《南方文坛》第六期“新潮学界”刊登了知名学者刘再复和厦门大学中文系教授杨春时的谈话记录。这两位当代中国文学文艺批评界的代表人物针对“主体间性”展开对话，深入细致地分析了主体间性的哲学渊源、发展历程（尤其是在国内的最新发展），二者还提到主体间性拥有独一无二的现世意义。刘再复在谈论主体间性时将其分为两类——外在的主体间性和内在的主体间性。前者意指关注主体之间沟通，包括人与上帝、人与自然、人与社会、人与他人，他认为以上所言的诸位西方学者都是外在主体间性的倡导者，还包括巴赫金所说的狂欢化、多声部，甚至“他人即是地狱”的萨特也是其中之一。然而，后者是指在主体（尤其是人）内部出现的多重主体之间的关系。“自我是一个内宇宙，是与外宇宙同样广阔无边的世界。在自我世界中有无数的自我，他们也形成关系，这也是一种主体间性。”[②]他列出陀思妥耶夫斯基、弗洛伊德和高行健作为例子，并指出，只有在主体与自身的灵魂进行对话、当灵魂产生双音效果时才称得上是内在的主体间性。讨论内在主体间性有深刻的济世意义，因为深入挖掘个体灵魂内在有利于将“真我”释放出来，倡导鼓励面对精神危机和意识危机时采取“自救”方式，靠个体内在的力量来战胜外来的、敌对的压力，获得最大程度的自由。归根结蒂，“人的自救和个人拯救，就是调节内在的主体间性”[③]。

“主体间性理论为美学、文学理论提供了新的哲学范式和方法论原

① 杨春时，主体性美学与主体间性美学[J]，东南学术，2004(增刊)：276－78。

② 刘再复，杨春时，关于文学的主体间性的对话[J]，南方文坛，2002(6)：16。

③ 同上书，第18页。

则,从而也在新的基础上揭示了文学的性质。"[①]在文学理论的发展过程中,客观主义学派主张文学即是对现实的反映、是现实的投影;而主观主义学派则坚持认为文学作品是作家的自我表现、是主观创造的产品。这两者要么抹煞了文学与现实的差距,否定作家的主体创造性;要么忽视了文学创作必定受到现实因素影响这一事实,对文学作品中所蕴含的现实意义视而不见,都无法掩盖其片面性的弊端。本质上,这两种主张都没有超越主客对立传统模式,自然不能彻底解决文学阐释方面的难题。我们需要意识到的是:文学一方面是对世界的理解,但是更为重要的是它同时也是对自我的理解,二者并行不悖。所以,"文学作为主体间性的实现,打破了自我与他者的界限,我们对文学形象的理解不是外在的认知,而是自我理解"[②]。罗斯的《复仇女神》便是一部这样自我理解的作品。[③]

《复仇女神》是一部融历史关怀与个人命运于一身的新现实主义佳作。主人公布基·坎托的内心挣扎、与自己的对话展现了他的责任意识与欲望之间的冲突和对抗,那正是内部主体间性的展现,是两个主体的沟通,相持不下、造成矛盾的同时又通过对话来主动调和二者关系。《复仇女神》关注的是背负耻辱、自感"罪孽深重"的人,关注因为逾越了根深蒂固的责任意识、荣誉意识而造就的罪恶感,在讲述布基的耻辱人生因果的同时,挖掘"耻"的深层涵义,褒扬了和犹太民族息息相关的责任观念、族群意识。

布基的童年注定了他略显偏执的人格。母亲死于难产,父亲因偷窃入狱,所以他由外祖父母抚养成人。与传统的犹太人形象不同,布基的外祖父萨姆是一位犹太"硬汉"。萨姆生于波兰,长于纽瓦克,处于反犹主义盛行时期的他,和反犹主义帮派、组织进行了不懈的斗争来维护犹太人的安全与利益。这段艰难经历的见证就是他那曾经被打断过的鼻梁。萨姆这种为了维护民族和个体权益而无所畏惧的气魄深深感染了布基,坚定了他"责任即宗教"的信念,自小便坚强、果敢,以诚实、正直、有责任感为他人生的信条。这些内化了的价值观念成为约束他言行的标准,也成为他生命中不堪的重负。

---

① 杨春时,文学理论:从主体性到主体间性[J],厦门大学学报(哲社版),2002(1):20。

② 刘再复,杨春时,关于文学的主体间性的对话[J],南方文坛,2002(6):18。

③ 关于《复仇女神》的解读,部分内容曾经以"生命中难以承受之'耻'——评菲利普罗斯新作《复仇女神》"为题发表在《长春工业大学学报》2011年第2期。

日本偷袭珍珠港的时候，布基正在大学体育系学习。随后的全国征兵极大地刺激了布基的神经：拥有强健的体魄，但承自父亲的高度近视使他被打入不能参军的另册，无缘保卫祖国的神圣使命。承自祖父的教养，使他本应该成为一个具有高度责任感、随时为正义挺身而出的无畏战士；但事实却是，面对这场世界范围内的正义与邪恶的战斗，他却不能置身其中，做出应有的贡献。潜意识中，布基觉得他辜负了祖父的期望。而他大学好友们都顺利入伍并远赴战区，进一步加深了他的自责与负疚感。

无缘历史洪流的布基，不得不在纽瓦克犹太社区的一所学校做了体育老师。在教学中，他决心要把全部精力投入到教学中，把从外祖父那里继承的品质传递给他的学生："犹太人应当坚韧、有毅力，要有强健的体魄，不能被他人随意操控，更不能由于他们知道如何运用脑力，而被诋毁成弱者、娘娘腔。"[①]

布基恋爱了，对象是同事玛西亚。与罗斯早期中篇小说《再见，哥伦布》的女主角布兰达相似，玛西亚也出身于纽瓦克犹太社区中产阶级家庭，有着良好的经济与教育背景。与布兰达家暴发户形象相反，玛西亚的父亲是一位医生，开明睿智，对犹太问题有深刻思考，并没有门第之见。布基也与自恋主义者尼克不同，虽也向往中产阶级生活，但凭借自己的自信与执著、激情与责任心，布基赢得了玛西亚一家和整个犹太社区的认可。

如果没有那场流行病，一切都可能顺利过去，布基的自责会随着战争的结束而消退，从而开始全新的生活。骨髓灰质炎在纽瓦克的爆发再一次把布基推向了前台，使他不得不面对一个看不见硝烟的战场。

骨髓灰质炎疫情首先在犹太社区旁的意大利人聚居区爆发，并有愈演愈烈之势。病例的增加在犹太社区引起了恐慌，中产阶级家庭把孩子或者送到泽西海滩去消夏，或者送到夏令营去过群体生活，而那些不得不留在城里的孩子，很多也被禁止到公共场合玩耍。作为运动场夏季管理员的布基感受到了社区里的这种恐惧感，但他秉承体育教育理念，坚持游戏对于孩子而言就是成长过程，是他们获取人生经历的途径，因而把开放运动场并指导孩子们游戏看成不可推卸的责任。

---

① Roth, Philip. *Nemesis*. New York: Houghton Mifflin Harcourt, 2010. p. 28. 以下对该作品的引用都出自此版本，不再加注，仅在引文后直接加注页码。引用部分内容都是由论文作者译出。

在这个过程中，一件事使布基成为犹太社区的英雄。一群意大利裔男孩来到布基负责的运动场，声称来"传播疾病"。面对他们的挑衅，布基挺身而出，勇敢地把那几个寻衅滋事、充满种族主义情绪的入侵者挡在外面，并最终迫使他们离开。虽然布基很好地处理了冲突现场，但很快疾病开始在社区里蔓延，首先发生在跟着他在操场游戏的孩子身上。布基承受着巨大压力，但他依旧准时出现在运动场，为出现在那里的孩子做指导。

持续增加的病例使布基倍感压力。此时，玛西亚正在"印第安山"夏令营做教练。有感于疫情的严重，玛西亚恳求布基也到夏令营来，并劝说他此时离开并非逃脱责任的可耻行为。困惑的布基在散步时，下意识来到玛西亚家，和她的父亲斯坦伯格医生讨论起时下的疫情。如果说祖父是布基性格形成中的主导因素，那么，斯坦伯格医生的观点再一次加深了布基的责任意识。医生认为恐吓犹太人的事情只应发生在欧洲，那是导致犹太人大批逃离的因素，那不应该发生在美国这片土地上。对犹太人而言，越少恐惧越好，因为恐惧会使人懦弱，给人带来羞辱。"让人们心间的恐惧感少一些——那是你的工作，也是我的，"(106)医生如是说。这无疑又加深了布基责任意识与使命感。

但事情的发展往往出乎人们的预料。布基依旧带着孩子们游戏，虽然来的孩子越来越少。一次运动过程中，社区里喜欢和人握手的白痴贺拉斯的出现带来了一场被压抑情绪的直接宣泄。歇斯底里的男孩把脏兮兮的贺拉斯说成是疾病的传播者，是一个可怕的危险分子。虽然布基很快解决了这场纷争，但它所带来的后果却是灾难性的，孩子们接二连三地病倒、死去，这个事件对他那紧绷的神经来说，是最后一根稻草，动摇了他内心深处的使命感与责任意识；面对女友的请求、对美好生活的向往，最终于莫名其妙间答应了玛西亚的请求，准备离开纽瓦克到印第安山夏令营去做教练。但是这个决定并不容易，布基的挣扎、摇摆被清晰地呈现在读者的面前：

> 就在那个片刻，因为他的喜悦，他几乎可以忘记自己对运动场上的孩子们的背叛；他几乎可以忘记因为 Weequahic 无辜孩子所遭受的谋杀迫害以至于他对上帝充满愤懑。和玛西亚谈论着订婚事宜时，他几乎可以抛却这些，迫不及待地投身到正常时代的正常生活所拥有的安全感、期待感还有满足感。但是当他挂断电话，面前出现的是自己的信念——外祖父教养的对诚实、坚定的信念，与挚友 Jake

> 和Dave共享的对勇敢牺牲的信念，他在儿时为自己树立的信念，绝对不会像素行不良的父亲那般喜好欺诈——立志成为一个大丈夫，而这要求他马上改弦易辙，如他所签署的合同要求的那般，回到工作岗位，在那里度过余下的夏日时光。(135)

从中我们可以体会到布基内心深处理性与情感的苦苦对峙。作出这样的选择对他而言是正确的吗？一个满足了心底渴望却为自己信奉的道德观所鄙夷的选择会带来什么结果？此处，罗斯已经埋好伏笔，告诫我们“越界”的惩戒终究会来临，由内向外的，自己的矛盾挣扎同时伴随着道德的谴责。

虽然有温柔女友的陪伴，友好同事的情谊，一群可爱天真的孩子们的崇拜，布基还是产生了要回到纽瓦克的想法，因为他想要找回曾经的自我，那个坚强、刚毅、英雄一般的布基，一个不会逃避责任、勇于完成自己的使命的大丈夫。

> 在这里，他得到了庇护，那是对死神肆虐的家乡来说最安全的避难所。在这里他拥有的一切都是Jake和Dave所没有的，是运动场上孩子们所没有的，是纽瓦克那里每个人所没有的。但是他所没有的是一颗可以忍受自己的良心。(174)
>
> ……他犯下了一个极大的错误。贸然地，他屈从了恐惧，在恐惧的魔咒中背弃了那些男孩、背弃了他自己，那时他所需要做的不过就是站在原地、做好自己的工作而已。玛西亚满怀爱意，试图将他从纽瓦克解救出来，导致了他愚蠢地贬低了自己。这里的孩子完全可以不需要他。这里不是战区。印第安山这里不需要他。(175—6)

就在他下定决心，不顾危险、不顾女友的反对，坚持要回到自己的岗位时，上天又和他开了个玩笑，让他的生命中充满了讽刺。原来就在布基离开几天后，纽瓦克官方就关闭了所有的夏季运动场，这让他耿耿于怀、愈发懊恼，常常自问为什么不再多坚持几天呢？

> 如果他在纽瓦克多坚持几天，他就不需要辞职。相反，他会被遣散，自由自在，可以去做自己想做的事情，去自己想去的地方。如果他多坚持几天，他就根本用不着给奥佳拉打电话，也用不着听到奥佳拉说的那些话。如果他多坚持几天，他就根本不会抛弃孩子们，也无须终其一生审视自己那无可饶恕的行径。(194)

令人难以置信的是，那似乎世外桃源的夏令营也并非避难天堂，和他同住一室的教练、跟他学习跳水的男孩也感染上了病毒，联想到自己的经历，惶恐间，布基感觉到自己应该才是真正的灾难之源，一个病毒携带者，体检结果如其所料，他确实已经感染了病菌。在经过一段时间的治疗后，布基回到了纽瓦克，但此时的他却已经落下了残疾，无法再从事体育教育，最终在邮局找到一份谋生的工作。而他与玛西亚的爱情也随着疾病的出现而走到了尽头。布基主动结束他们的关系，但内心深处，他不能忘情，那是过去留在他记忆中最鲜明的印记。

布基的一生印证了斯坦伯格医生的箴言：错置的责任感会削弱人的意志，最终走向毁灭之途。(102)诚哉斯言。对责任有着偏执狂般执著的布基因不能参战为国效力而充满了负疚感；而遗弃时疫肆虐的纽瓦克犹太社区的孩子们则进一步加深了这种感觉。双重道德拷问下，布基被钉在自设的良心耻辱柱上不能自拔，而复仇女神亦已出色地完成了任务。

在文章结尾，作者意味深长地为我们对比了被"耻辱"纠缠之前的布基和背负着"耻辱"麻木度日的布基：那个特定时代下，那个体魄强健、公平正直、善良热诚的23岁青年带给人们无限的冲击与震撼，"他看起来就是不可战胜的"，是那个艰难时期孩子们的"朋友与领导者。"然而，遭遇人生愚弄后的布基充满了困惑、恐惧、愤怒，更主要的是"耻辱"：

> "好吧，这是个医学谜团，我是个医学未解之谜，"布基迷惑地说着。难道他是指也许这只是个理论上的难题？还是说他的凡人的真知信念因邪恶的造物者而变得更为完整？神祇对我们的存在同样怀有敌意吗？不可否认，他的亲身经历是个铁证，是不容忽视的。只有恶魔才会制造出骨髓灰质炎。只有恶魔才会制造出白痴贺拉斯。只有恶魔才会制造出第二次世界大战。所有种种加在一起，恶魔是胜利者。恶魔无所不能。(264)

值得一提的是，很长一段时间内，罗斯小说的叙事者都为第一人称，甚至有时候叙事者会以罗斯为名来进行言说，所以论者经常抱怨罗斯小说的自我指涉倾向，很难分清是"虚构的自传"还是"自传化的虚构"。[1]但在小说《美国牧歌》后，罗斯小说中的叙述声音发生了很大的转变，叙述

---

① Brauner, David. *Philip Roth*. Manchester and New York: Manchester University Press, 2007. pp. 9－11.

者不再是故事的主角,而是事件的参与者或旁观者,转述着"别人"的故事,留给读者更多的阐释空间。《复仇女神》的叙事模式便是其中典型一例。"我"是运动场上的孩子之一,是时疫的亲历者和见证者,但在小说的叙事发展过程中,罗斯却一直没有把叙事者"我"显现出来,反而采用一种仿全知视角,以布基作为聚焦人物,以他的目光所至、行为所指为叙事线索来讲述故事,只有在小说 108 页的时候,才允许叙事者"我"在行文中一闪而过。只有在小说最后一部分,即"相逢"一章,叙事者我才从幕后走出来,时过境迁后与布基相逢、叙旧,并以此为手段,交代了小说的结局。从结构功能角度而言,"相逢"中的补充叙述一方面帮助小说实现了艾伦·坡所言的故事的"完整性",同时也说明前两部分文本的叙述方式恰恰是对布基讲述故事的重述,增强了故事的可信性。

第二节　历史意识

历史是什么?这个问题在后现代语境下,已经变得越来越难以回答。传统上,人们认为历史就是对历史事实的记录,是史学家用他们的如椽巨笔把历史上曾经发生过的纷繁事件记录下来,"是关于过去的有系统的知识",[①]为后人留下记录,成为后世行为的参照与借鉴。所以,中国历史上才会有唐太宗李世民"以古为镜,可以见兴替"的慨叹;所以,中国文化人在做学问的时候,才会有"文史哲"不分家的传统,凸显了历史概念在中国民族意识中的地位。

但历史真的是对事实的确凿记录与再现吗?历史主义的代表人物兰克(Leopold von Ranke)与德罗伊森(Johann Gustav Droysen)坚持"通过科学观念、材料和工匠的介入,我们可以重新发现过往的历史档案,将历史凝固成永远以某种客观形式存在的对象"[②]。而阐释学派的狄尔泰与施莱尔马赫等学者则反驳,"要解读历史性和个人生命情境的表达,就不能不考虑社会的结构面,以及'如何'和'为何'叙说历史"等问题,[③]意即

---

① 雷蒙·威廉斯,关键词:文化与社会的词汇[M],刘建基译,北京:生活·读书·新知三联书店,2005。第 204 页。

② Cf 廖炳惠,关键词 200:文学与批评研究的通用词汇编[M],南京:江苏教育出版社,2006。第 126 页。

③ 同上书,第 126 页。

历史不是铁板一块，而是一个经过不断诠释、建构、发展、修正的产物，对此福柯就曾指出“在其每一个节点上都是光滑的、千篇一律的宏大的历史”不过是表现“记忆、神话、传播《圣经》和神的儆戒，表达传统，对当前进行有意识批判，对人类命运进行辨读，预见未来或允诺一种轮回”的一种方式而已。[①]

一、新历史主义与历史意义的消解

以福柯为代表的后结构主义者对历史观念提出的新见解与认识，启迪了后继的理论家，诱发他们从自己的学科特点出发，对历史进行思考与反思。如女权主义主义者就从男女两性地位不对等出发，提出了历史是“男人故事”的说法，[②]为女性展开性别批判、争取平等权利找了一个切入点。当下语境中，对以往“历史主义”批判最为直接、尖锐的便是新历史主义批评流派。

新历史主义者眼中的历史维度，不再是线性的、持续的“信史”观。正如海登·怀特所言，“很多历史真实只能通过虚构再现的方式传递给读者。这些方式主要包括修辞技巧、比喻、数据、词语与思想的纲要等。这些方法在古典时期与文艺复兴时期的修辞学家看来，总体上和诗歌技巧是一致的。真实不等于事实。”[③]既然历史事实不等于历史真实，而历史真实已经无法重现或者亲历，那么历史只能以“经过语言凝聚、置换、象征以及与文本生成有关的两度修改的历史描述”的方式呈现。[④]

虽然旧历史主义强调历史的“客观真实性”，渴望与科学比肩的地位，

---

① 米歇尔·福柯，词与物——人文科学考古学[M]，莫伟民译，北京：生活·读书·新知三联书店，2001。第479页。

② 英文中历史一词为 history，分解开便为 his story，即“男人的故事”。而反观中外历史，也确实存在这样一个现象——被载入史册的女性所占比例十分微小，历史记述的都是男性的事迹，从权力话语角度看，未获充分表达权的群体便是被边缘化、被“静化”的弱势群体。对于欧美文学经典而言，这是一个不言自明的命题：20世纪80年代以前，英国文学经典中，也不过只有奥斯丁、勃朗特姐妹、盖斯凯尔夫人、乔治·艾略特、布朗宁夫人、沃尔夫等寥寥无几的数位女作家而已。正是在女权主义高涨的潮流中，经典文学得到重新审视，历史编写也逐渐为女性留出了更多的篇幅。

③ White, H. *Tropics of Discourse*. Baltimore: John Hopkins University Press, 1978. p. 123.

④ Veeser, H. Aram. Ed. *The New Historicism*. New York & London: Routledge, 1989. p. 297. Cf. 王岳川主编，后殖民主义与新历史主义文论[M]，济南：山东教育出版社，2001。第173页。

但它在进行历史书写的时候,借助的却是文学写作所采用的“虚构再现的方式”,“一个叙事性陈述可能将一组事件再现为具有史诗或悲剧的形式与意义,而另一个陈述则可能将同一组事件——以相同的合理性,也不违反任何事实记载地——再现为闹剧。”[①]当对历史进行阐释时,“它使用的却是传统诗歌常见的‘隐喻’、‘换喻’、‘提喻’、‘反讽’这类语言表述模式。”[②]如此一来,历史与文学之间森严的壁垒轰然倒塌,“文本的历史性”与“历史的文本性”概念的提出自然也就顺理成章,从而消解了“文学/历史”、“文本/背景”之间的二元对立。对此,格林布拉特曾概括说:“历史不可能仅仅是文学文本的对照物或者是稳定的背景,而文学文本受保护的独立状态也应让位于文学文本与其它文本的互动,以及它们边界的相互渗透。”[③]

历史真实在于文学文本与历史文本互动观念的提出,为我们揭示了这样一个事实:“艺术作品本身不是我们沉思的纯净的根源……艺术作品是一番谈判后的产物……为使谈判达成协议,艺术家需要创造出一种在有意义的、互利的交易中得到承认的通货。”[④]而这得到承认、可进入流通领域的“通货”,对文学家来说便是他们笔下的文学文本,一个妥协的产物,背后隐藏的是一整套权力关系与权力话语,所以汤姆斯说:“所有文学与批评……就如同其它社会实践一样,注定要陷入那个产生它们的权力关系的领域之中。简而言之,文学与批评并不占据一个脱离政治压力的超然空间,而是不可避免地从属于政治压力。”[⑤]正是因为清楚地意识到文本生产所依赖与反抗的权力关系与体系,格林布拉特才会把目光投向文艺复兴时期的文学创作,通过与死者对话,揭示意识形态与文本相互冲

---

① 海登·怀特,后现代历史叙述学[M],陈永国等译,北京:中国社会科学出版社,2003。第326页。

② 陈榕,新历史主义[A],赵一凡,张中载,李德恩编,西方文论关键词[C],北京:外语教学与研究出版社,2006。第673页。

③ Greenblatt, Stephen. *Shakespearean Negotiation*. Chicago: University of Chicago Press, 1988. p. 95.

④ Veeser, H. Aram. Ed. *The New Historicism*. New York & London: Routledge, 1989. P12. Cf. 王岳川主编,后殖民主义与新历史主义文论[M],济南:山东教育出版社,2001。第173页。

⑤ Thomas, Brook. *New Historicism and Other Old-Fashioned Topics*. Princeton: Princeton University Press, 1991. p. 29. Cf. 陈榕,新历史主义[A],赵一凡,张中载,李德恩编,西方文论关键词[C],北京:外语教学与研究出版社,2006。第676页。

突、相互妥协而最终达到某种平衡的过程。

对文学创作过程的权力话语认识，使新历史主义者的批评实践带有政治批评的特征。格林布拉特就明确地说过："不参与的、不做判断的、不将现在与过去联系起来的写作是无任何价值的。"[①]文学恰恰是在对社会中的权力、民族、阶级、文化等诸多关系适当想象基础上对其予以再现，从而将"现实中的诸多因素构成一个总体叙事模式，形成关于国家和个人的话语言说方式，使世界获得了自身的历史延续性，使中断的瞬间变成了连续而透明的可理解体，在精确再现和想象性复制中，把握历史不同时期是如何把人塑造成历史性的人的，看清历史存在中的人在'话语惯例'和权力关系体系中，占据了怎样的地位"[②]。

新历史主义通过对历史书写文本化(话语化)的揭示，把理想状态的历史概念(History)分解为众多个体言说的历史(histories)，带来的直接后果便是人们对是否应该还对历史抱有憧憬与向往心理的质疑。既然历史是众声喧哗的话语场，是一种文本建构，那么它往昔的庄严与神圣感便不复存在。如此一来，失去历史根基的人们又该如何看待历史呢？盛宁先生的诘问很具有启示意思：

> 这"历史文本"并不是一个关于"虚无"(nothing)的文本，并不是一个可以任意阐释的文本，而是一个对于曾经实实在在地发生过的"事件"的记录、叙述和阐释。所以，无论"历史"这个词儿的意义发生了什么样的变化，无论"历史"这个词儿的意义变得多么的不准确，我们都不能忘记，我们依然还在用"历史"来指代我们心目中所想的那真正发生于过去的事情。[③]

正是基于这样的认识原则，所以盛宁先生进一步指出："以怀特为代表的后结构主义的史学理论把历史仅仅归结为文本，他们把那个实实在在地发生、并产生影响的事件彻底地放逐了，…… '历史'首先是实实在在的历史事件，其真实性首先表现为一种先于文本的存在，而不是文本。"[④]

---

① 王岳川主编，后殖民主义与新历史主义文论[M]，济南：山东教育出版社，2001。第 170 页。

② 同上书，第 183 页。

③ 盛宁，新历史主义·后现代主义·历史真实[J]，文艺理论与批评，1997(1)：52。

④ 同上书，第 56—57 页。

新历史主义在后结构主义与解构主义基础上构建出的理论体系，使历史沦为话语的同质物，从而“把历史文本中性化，把历史文本的最终所指放逐了”，[①]最终解构了历史的终极意义，这是我们唯物主义者所不希望看到的情况。

二、美国三部曲：历史的回归

对于历史的回顾与反思，是菲利普·罗斯后期文学书写的重要内容。罗斯曾经说过：“从普通人的生活来看待历史一直是我感兴趣的事情，”[②]他努力通过对历史的想象性书写，为当代美国犹太人在多元社会状态下的自我型塑找到一个更为全面、多维的参照系。

其实，罗斯后期作品很多都涉及历史题材。“美国三部曲”的推出标志着罗斯已经开始“真正显示他的文学创作力”。[③] 在一定程度上，他的“美国三部曲”也可说成是“历史三部曲”，因为三部作品都关注美国历史上的某个特定阶段，以某个历史事件为切入点，来探讨当时美国犹太人的生存状况与自我认识状态。而他的《反美阴谋》更是直接以历史本身为书写对象，以纯粹想象性的历史可能性来烛照美国现实的社会与政治趋向，被“美国历史学家协会”誉为 2003—2004 年度的“卓越历史小说”。[④] 罗斯后期其它作品如《愤怒》、《复仇女神》也都有浓厚的历史色彩。那么，作为读者，我们不免会问，是什么因素促使罗斯在日新月异的今日还如此执著于历史关注？如果我们把眼光投诸当代美国犹太人的生活现状，也许可以从中发现一些端倪。

第二次世界大战后，随着纳粹屠犹暴行曝光于世，世界为之哗然，纷纷对其进行揭露和谴责；同时暴行也使人们开始对这一事件进行反思。此前，美国国内一直都有一股反犹主义的怒流，“在 1915—1932 年间，美国建立的反犹组织有 5 个，1933 年就建立起了 9 个反犹组织，1934—1939 年的 5 年间，反犹组织竟发展到了 105 个，这还不包括西部和中西部较小城市的排犹组织”[⑤]。但国际舆论逐渐倾向于对犹太人受难经历

---

① 盛宁，新历史主义·后现代主义·历史真实[J]，文艺理论与批评，1997(1)：第 52 页。

② 杰弗里·布朗，并非虚构，仅是回忆——菲利普·罗斯访谈[J]，李庆学译，《译林》(文摘版)2007(1)：39。

③ Bloom, Harold. ed. *Philip Roth*. NY: Chelsea House, 1986. p. 1.

④ 周富强在其论文《论新历史主义视角下的〈反美阴谋〉》中对此有专题论述。

⑤ 邓蜀生，美国犹太人同化进程初探[J]，世界历史，1989 (2)：32。

的同情，尘嚣近半个世界的反犹主义浪潮开始逐渐退却。

20世纪60年代的美国民权运动推动了公民权利法案的通过，以往针对少数民族和不同信仰群体的歧视性法规逐渐淡出了历史的舞台，从而为美国的少数族裔人群提供了一个相对宽松的社会环境。美国犹太人抓住这个时代赋予的良机，确保犹太青少年接受纯正美式教育，以英语为母语，进入大学攻读学位，从而能够凭借自己的教育背景而进入教育、金融、文学、法律、医学等诸多专业领域，成功跻身美国中产阶级行列，实现自己的“美国梦”。

而为了能够实现彻底的同化，很多美国犹太人都做出更多努力去弱化犹太传统在他们身上的印记，不再穿戴传统服饰，不再严格地遵守犹太饮食、节庆规定与礼仪，由犹太人聚集区搬迁出去到城郊的中产阶级住宅区，使自身更加世俗化，通过这样的方式宣告自己同化的决心。同时，犹太人族外通婚现象也逐渐呈现上升趋势，而与外族通婚的犹太人往往是女多于男。这种种事实都表明了犹太人融入到美国主流社会的决心与努力。

美国犹太人在当今美国已经由无足轻重的移民群体而跃升为社会中坚力量(潘光语)，在当今美国社会生活中的政治、经济、文化、影视、传媒、金融、科研、教育等各个方面都发挥着重要的作用，俨然已经是成功结束“试用期阶段”的白人，成为美国主流社会的一部分。

但事实恐怕并非如此。美国的反犹主义有其长远的历史，“植根于新英格兰和美国中西部文化土壤之中，”① 反映在文化上，表现为曾经有很多美国作家都有反犹主义题材的作品问世。② 虽然反犹主义言论在“大屠杀”后一度成为禁忌，但并没有真正走向消亡，而是随着时事的变化，时有回潮的迹象。每当经济危机或者社会危机发生的时候，美国犹太人都首当其冲、成为遭受迫害的对象。20世纪80、90年代，经常有一些关于美国右翼分子、极端分子和种族主义分子实施种族主义暴行的报道见诸报端，即所谓的“种族仇恨犯罪”(hate crime)，受害者中不乏犹太社区成员。

---

① 祝平，T. S. 艾略特早期作品的反犹指涉及其文化根源[J]，社会科学论坛，2008(1)：95。

② T. S. 艾略特、马克·吐温、亨利·詹姆斯、亨德里克、海明威、菲茨杰拉德等作家的作品都曾不同程度地丑化过犹太人。

看到当代美国犹太人执迷于认同美国的主流文化精神，世俗化倾向日益明显，俨然以美国人自居的现象；看到美国依然存在对犹太人心怀恶意的极端分子，时有反犹主义暴行的事实，亲历过反犹主义浪潮的菲利普·罗斯不禁为族人的盲目乐观而担忧不已。我们可以看出，他的创作重点转移到对历史的想象书写，试图通过这样的方式来提醒美国犹太人，要持有一种清晰的民族历史意识，要把犹太人的命运放到历史长河中去考量，因为"'历史记忆'是一个民族经过岁月汰洗以后留下的'根'，是一个时代风雨吹打后所保存的'前理解'，是一个社会走向未来的反思基点。"[①]同时，罗斯也希望通过对历史的书写，"唤起人们对反犹主义的注意，引起有关当局的关注，只有这样，才能有助于问题的解决。"[②]作为一位小说家，罗斯对美国犹太人所强调的犹太意识自然要在他的作品中有所表达。

"美国三部曲"所表现出的历史意识凸显了对美国犹太人"如何在全球化的语境下保存文化特性和应有地位"[③]这一问题的思考。作品人物穷其一生都为实现"美国梦"而努力奋斗，最终却发现那不过是"南柯一梦"而已，最终等待他们的却是"美国噩梦"，其间所交织的个人奋斗、种族关系、政治正确等因子再现了美国犹太人在20世纪下半叶的"创伤记忆"，拓展了现实语境下美国犹太人自我认知与民族认同的维度，从而延伸了后散居时代犹太人对血脉根源和民族意识的追寻。

"美国三部曲"都是"美国梦"演化为"美国噩梦"的经典案例。无论是《美国牧歌》中的瑞典佬、《我嫁给了共产党人》中的艾拉，还是《反美阴谋》中的科尔曼，都曾经通过自身的奋斗，实现了自己设定的目标，跻身中产阶级行列，成为少数族裔通过自身努力而获得成功的代表人物。而在此过程中，他们都有意无意割裂了自己与过去的联系，并希望藉此能更好地为主流社会所容纳，而不再被戴上另类、他者的标签。瑞典佬便是最为典型的此类人物。

瑞典佬是二代犹太移民，接受的是美国教育，对他来说，没有什么比

① 王岳川主编，后殖民主义与新历史主义文论[M]，济南：山东教育出版社，2001。第53页。

② 孟宪华，追寻、僭越与迷失——菲利普·罗斯后期小说中犹太人生存状态研究[D]，北京：中央民族大学，2011。第144页。

③ 菲利普·罗斯，美国牧歌[M]，罗小云译，南京：译林出版社，2004。第7页。下面关于本书的引文也皆出自此译本，只标注页码，不再标注出处。.

能够融入美国社会更为重要，而他也具有顺利进入美国社会的所有便利条件：他外貌俊朗，而且不具有明显的犹太特征："我们国立高中虽犹太人居多，却没有谁有一丁点像他那样虽尖尖下巴，呆板面孔，却金发碧眼。"[①]这和科尔曼何其相似：虽然是黑人，但皮肤颜色却很浅，为其假扮犹太人提供了条件。同时，瑞典佬体格健硕，一直都是体育明星："橄榄球队的边锋，篮球队的中锋，棒球队的一垒手，篮球队还两次夺得市里的冠军，他是主要得分手。"(1)而成功的事业是保证他顺利进入美国社会的另一个条件：为了帮助支撑家庭生活，瑞典佬十四岁便辍学到皮革厂干活，在那里度过了他的"高中"和"大学"(10)，很快便成为行家里手，在接替父亲开始执掌产业后，更是如鱼得水，把企业做大做强，成为一名成功的企业家。

但是，即便瑞典佬从运动生涯中习得了公平竞技原则，即使他"已从他的世界剔除一切他不适应的东西：欺骗、暴力、嘲弄和冷酷"，(33)但他还是在无形中感受到美国社会种族间的差异，并不自觉地把其外化，以图能够顺利穿过种族偏见的藩篱而为社会所接受。这首先体现在他对从犹太聚居区散居出去的渴望。虽然住在富有的犹太人居住区，但瑞典佬一直希望能够如美国中产阶级一样，在城郊拥有一套属于自己的历史久远的房子："他从十六岁起就梦想过那房子，常和棒球队乘车去与威潘尼队比赛——身穿制服坐在校车上……穿过泽西乡村的丘林——他看见一座巨大的带有黑色百叶窗的石头房子耸立在树后的高地上。悬挂在一棵大树矮枝的秋千上，有个小女孩正荡在半空中。"(179)

为了实现自己的这个愿望，他违背了父亲的意愿，最终买下了位于旧里姆洛克、有两百年历史的石头房子。对瑞典佬来说，他买下的不仅仅是房子，更是历史和历史所承载的美国性，是他彻底拥抱美国的标志。对他而言，石头房子就是他的美国。而在拥有房子梦想的同时，谁会成为房子的女主人、和他共创美好幸福生活便成了瑞典佬经常思考的内容，直到他在乌普萨拉遇到了多恩。多恩是选美小姐，有罗马天主教背景，对于瑞典佬来说，她正是可以让自己进入美国社会所需的那张通行证，所以瑞典佬再一次违背了父亲的意愿，迎娶了多恩，生活在石头房子里，最终实现了他追寻一生的美国梦。这一切的实现，都是以他背离了家庭、犹太传统、犹太文化为代价的："我走到犹太教会堂，感到一切都陌生，总是如此。小

① 菲利普·罗斯，美国牧歌[M]，罗小云译，南京：译林出版社，2004。第1页。

时候进希伯来学校,我待在教室里总是急不可待地想到球场玩。我认为,'如果在这房间里再多待一会儿,我就会病倒。'"(306)

对民族文化与传统的疏离和对美国式自由的向往使他对约翰尼·阿普瑟德[①]产生了强烈的认同感:"翰尼·阿普瑟德,那才是我要的人。不是犹太人,不是爱尔兰人,不是新教教徒,只是个快乐的美国人。个头高大,幸福快乐,也许并不聪明,但不需那么聪明——做个伟大的漫游者,就是翰尼·阿普瑟德的全部心思。"(307)但事实证明,这只能是一个乌托邦幻境中才有可能出现的景象。为了认同主流话语而割裂了民族文化之根,其结果只能是置自己于一种极为尴尬的境地、成为一个把自己"挂起来的人"。一方面他无法得到主流社会完全的认可与接纳,永远无法拥有邻居库沃特谈及自己家史时的那种自豪;另一方面使得下一代产生了认同障碍,丧失了自己的身份属性,最终采取了过激的手段,彻底摧毁了瑞典佬所建立起的同化神话。

"美国三部曲"在对"美国噩梦"的诠释中,都对美国社会存在的种族关系进行过描写,以此来揭示在美国不同时期的历史语境下,"政治正确"所呈现出的多义性与复杂性。《我嫁给了共产党人》中的艾拉,出身于犹太家庭,15 岁便离家出走,开始了独自闯天涯的经历。当时正值经济危机,为了生存,艾拉什么工作机会都不放过。后来他参军去伊朗服役。漂泊的生活经历、自身的经济状况、朴素的社会正义观使他很快就认同了共产主义理论,成为美国共产党人约翰尼·奥戴的追随者,并在其指导下"阅读书籍以及写信"[②]。也正是由于共产主义信仰,把艾拉等部分白人士兵和黑人士兵带到一起,共同讨论政治和书籍,但这却引起了白人士兵的注意和不满,对艾拉在言语上也多有冒犯,称其为"黑鬼同情者"(42)。

人生为激情所主导、缺乏理性精神的艾拉,没有被这些士兵的威胁、恐吓所吓倒,反而从共产主义阶级意识出发,来和他们认真理论:"为什么你们要侮辱有色人种?从你们这里只听到对黑人的诋毁。你们不仅反黑人,还反劳动者、反自由派、反智力…… 可是你们,你们出身贫困,几乎没有一分钱,不过是苦力工厂和煤矿流水线上的饲料,被社会压榨剥削——工资低、物价高、庞大的利润——可是你们却成了一批喧闹,狭隘,敌视迫

---

① 美国早期拓荒者形象,是美国传说故事中的经典人物形象。

② 菲利普·罗斯,我嫁给了共产党人[M],魏立红译,南京:译林出版社,2011。第 32 页。以下此书引文皆出自此译本,直接标注页码,不再一一注释。

害赤色分子的家伙。"(43)

但这些论辩，对于正在码头上服役的士兵而言，无异于天方夜谭。"因为他们脑中有根深蒂固的观念。对他们说明种族隔离的心理原因，经济原因，他们热衷使用'黑鬼'称呼的心理原因，他们无法理解。他们说黑鬼，是因为黑鬼就是黑鬼。"(43)可见，种族差异与种族优劣的观念已经深深刻在美国白人的潜意识中，对他们来说，黑人就是黑人，白人就是白人，没有中间的选择，黑人相较于白人的不对等地位就是他们肤色带来的命运。而试图改变黑人不利状况的人，没有分享白人士兵种族观念的人便是他们的敌人，成为攻击的对象，这就是为什么艾拉会被称为"黑鬼同情者"的原因。

对白人来说，同情黑人也应该有一个限度，而如果一旦越过了这个范围，结果就不仅仅是一个侮辱性称号那么好运了。而艾拉正是这样一个执著的理想主义者，"他写信给《星条旗报》控诉部队中的隔离区、呼吁种族团结"，因为他"要告诉人们这是错误的"。(43)在接下来的日子里，他被威胁，遭受言语侮辱，不再仅仅因为他同情黑人，他自己的族裔身份也成为攻击的对象，被叫做"犹太杂种。和黑鬼鬼混的犹太杂种"。(44)忍无可忍的艾拉，和他的挑衅者对决，捍卫了自己作为犹太人的尊严，从此只要有他在场，便没有白人士兵说过一句反犹太的言论。但虽然少了言语的侮辱，艾拉却在夜色中遭了白人士兵伏击，被痛打一顿，在医院中躺了三天。这次被痛殴的疼痛感并没有随着时间的流逝而消散，反而一直伴随着他，给他的生活造成极大的不便。这种疼痛感不仅在肉体上折磨着艾拉，从象征层面看，它也是"种族创伤"最为鲜活的印记，每一次发作，都会把艾拉带回到当时的历史场景中，提醒他种族问题在美国的现实存在。

艾拉不仅仅在种族身份上有异于美国主流社会，他的政治理念更是不符合当时"政治正确"的期待。1950 年，美国参议员麦卡锡指责国务卿对政府内的共产党人有纵容之嫌，从而拉开了"麦卡锡主义"的大幕，掀起了一场"轰轰烈烈"的反共反民主的政治浪潮。"'国会非美活动调查委员会'的忠诚调查甚至使一些著名电影导演和影星都失去了工作。麦卡锡所操纵的忠诚调查一度搞得社会上人人自危，全美国几乎有一千三百余万人受到过调查。"①人们的言论如果背离政府当局的意思，就很有可能

① 江宁康，美国当代文化阐释[M]，沈阳：辽宁教育出版社，2005。第 15 页。

被划归为“异己”、“非我”，被拉入黑名单，受到迫害。时至今日，领导这一行动的“非美活动调查委员会”依然是公认的美国历史上最臭名昭著的机构。

生活在如此历史情境中的艾拉，却是一个持证的共产党人，坚持自己的无产阶级信念对时事发表自己的观点，抨击时政，鼓励工人阶级运动，作为这样一位“持不同政见者”，他的悲剧命运是可以预期的。狂热的理想主义者艾拉被冷酷的现实狠狠地“撞了一下腰”：仇敌格兰特怂恿艾拉的妻子揭露了艾拉是共产党人的事实，并把其列入自己负责的《红色路线》黑名单，从而彻底击垮艾拉、乘着历史的东风顺利进入议会，成为议员。丰满的理想与骨感的现实之间的张力共同造就了艾拉波峰波谷的悲剧人生。“我们活着就是为了蒙羞，被剥夺了尊严和减轻损失的慰藉，艾拉的大起大落戏剧化地表达了这一思想。”[①]

对于《人性的污秽》中的主人公科尔曼而言，种族主义的无处不在更是不需要提醒的事实，因为他本身就是“种族主义偏见”和新时期“政治正确”双重观念作用下的一个畸形产物。科尔曼生于东奥兰治的一个“小小的黑人社区”，[②]其父希尔克先生受过良好的教育，曾经做过验光师，但“大萧条”的到来，使他沦落为一名火车乘务员。作为一名大学毕业生，希尔克先生有很好的人文修养，“从不发脾气。父亲有另外的办法叫你服输。用词语。用话语。用他所谓的‘乔叟的、莎士比亚的、狄更斯的语言’，用任何人都别想从你身上夺走的英语。”(82)正是因为他对子女语言近乎严酷的教育和要求，“他们学到了精确用词的威力”。(83)

语言是自我表达的工具，对人语言权利的剥夺便是对人身份的褫夺；希尔克先生对语言能力和准确度的珍视，体现了他对身份与言说表达权利的看重，虽然当时的美国并没有给他足够表达的机会。对于这种状况，他有着清晰的认识：“每当一个白人和你打交道时，…… 不论他意图有多善良，他总会以为你存在着智力低下的问题。即使不直接用言语，他也会用面部表情，用语气，以他的不耐烦，甚至相反，以他的忍耐力，以他美妙的人道的表现跟你谈话，仿佛你是个白痴，而倘若你不是，他就会非常惊

---

① Krupnick, Mark. “‘We Are Here to Be Humiliated’: Philip Roth’s Recent Fiction.” Cf. 孟宪华，追寻、僭越与迷失——菲利普·罗斯后期小说中犹太人生存状态研究[D]，北京：中央民族大学，2011。

② 菲利普·罗斯，人性的污秽[M]，刘珠还译，南京：译林出版社，2011。第 92 页。以下此书引文皆出自此译本，直接标注页码，不再一一注释。

讶。”(92)希尔克先生一语成谶，预言了科尔曼在社会大课堂中的经历。

科尔曼的皮肤颜色很浅，性格开朗、机敏，还是体育明星、优秀的业余拳击手，这些条件都使他对自己的未来充满了希望。在父亲的坚持下，科尔曼进入黑人大学霍华德大学。入学第一周的周六，当他和室友一起去参观华盛顿纪念碑时，他第一次直接面对种族主义的歧视。当他们在沃尔沃停下来买热狗时，摊主不但拒绝卖给他们，还把他们叫做“黑鬼”。科尔曼感受到了极大的侮辱，但又能怎样呢？“在种族隔绝的南方，不存在个体身份，即使对他和他的同室也不例外。绝不允许这类细微的差别存在，其撞击力是可怕的。”(92)黑色皮肤这一张标签便已经足够了，无需再做区分，因为这就是衡量他们的唯一标准。

相对于言语上的侮辱，科尔曼入伍后经历的“生活中最坏的夜晚”，则深深地烙在了他的记忆深处。科尔曼那次去高档白人妓院——奥莉斯妓院消费时，被识破了黑人身份。对方一句“你是个黑鬼，是吧？小子”使他哑口无言，几秒钟后他便被抛到了马路中央，额头撞到地上，流血不止。妓院保镖们则在那里高喊一家叫露露的妓院“才是他黑屁股的归属”。(162)受到羞辱的科尔曼，为了躲避海岸巡逻队的纠察，只能躲到一家有色人种酒吧，在那里，“没有人怀疑他的身份”。(163)坐在酒吧反思这件事情，他才意识到一切错误的缘由都在于他“愚蠢地踏进了一道门，那房屋周围唯有的纯血统黑人不是在刷洗脏衣服，就是在擦拭污水”。(163)这次经历对科尔曼来说，是一次精神上的成长之旅，通过想象和父亲的对话，他认识到为个性所进行的辉煌的斗争是多么的狭隘，所以他决定要歧途知返，回归“那个充满爱的世界”。(164)为了永远铭记这次“难忘”的经历，他为自己做了一个图案非常简朴的文身，使其成为一个“唤起其生命中最糟糕夜晚狂乱情境的标记，而且成为一个唤起潜伏的狂乱背后之一切的标记——它是他全部的历史，他的英雄主义与羞耻不可分割性的缩影”。(165)

退役后，怀着无限的憧憬，科尔曼进入纽约大学，学习古典文学。虽然他开始时志不在此，但良好的语言天赋、敏捷的思维和惊人的记忆力却使他成为这个方面的冉冉新星，也为他赢得了美女斯蒂娜的芳心、经历了炙热的爱情之火。但这把爱情之火最后却成为一把伤他最深的种族主义利刃。

无尽的缠绵、无尽的海誓山盟终于“征服了诸如科尔曼那独立不羁的意志”，(106)赫尔曼决定要带斯蒂娜回东奥兰治吃星期日正餐。但这是一场尴尬的家庭聚会，“我不会说任何可能得罪你的话，倘若你不说任何得罪我的话。不顾一切代价地遵守体面的规范”。(111)当回城的列车进入宾夕法尼亚站的时候，斯蒂娜终于不可抑制地放声大哭，并在科尔曼的追问下，以一句“我做不到”结束了他们近两年的恋情，以后便杳无音信。这段恋情的失败，归根到底还是科尔曼和家人肤色惹的祸。鉴于这样的事实，科尔曼决定利用自己肤色的特点，顺应别人的猜测，自我标榜具有犹太血统，从而减少自己可能面对的不公正待遇。当他初次与自己未来的妻子爱丽丝·吉特尔曼，那个“思维紊乱、未经驯化、与斯蒂娜截然相反、不信犹太教的犹太人”相遇时，(118)他便为自己贴上了犹太人的身份标签，从而实现了“作为迄今尚无人知晓的最无共同之处的美国自有史以来便遭人嫌弃的两样东西的混合物”。(118)

犹太人的身份也为科尔曼赢得了进入雅典娜学院的入场券。在这里，他被委以重任，担任院长职务。科尔曼锐意改革，采取了一系列切实的措施，极大提升了学院的学术能力与影响力，但过程中难免会触动一些人的利益，得罪一些人。而这些人也抓住了一次绝好的机会，对科尔曼进行了无情的报复。

这场变故要从一次课堂点名说起。科尔曼在雅典娜学院教授古典文学，他发现有两名学生长期缺席，所以便问其他学生：“他们究竟是真有其人，还是只是幽灵？”[①]这个玩笑为科尔曼带来了无穷的麻烦。因为在美国俚语中，幽灵一词还兼具“黑鬼”的意思，是一个侮辱性很强的词汇。当代美国社会标榜多元共存，建立在“平权法案”基础上的“政治正确”便是要宽容对待少数民族等弱势群体，要照顾彼此的感情，称黑人为黑鬼自然犯了大忌。随即那两名学生向学校提出申诉，在接受调查过程中，科尔曼再三强调，自己当时只是单纯想表达那两个学生给他带来的感觉是神龙见首不见尾，和幽灵无异，使用这个词汇时绝无丝毫歧视、侮辱之意。尽管如此，无奈迫于各方压力，他只能以辞职来表达自己的愤慨。

根据科尔曼的讲述，“幽灵”事件中的黑人女学生在所有考试科目中，只有一门达到及格水平，并且所有课程她都很少出席。此女给出的解释是，“她不及格是因为她太害怕她的白人教授周身散发的种族主义，鼓不起勇气走进课堂”。(15)如此解释，显然过于牵强，但却成为反对科尔曼的有力证据，争执双方僵持不下，最终将爱丽丝逼进死胡同，科尔曼也一

① 菲利普·罗斯，人性的污秽[M]，刘珠还译，南京：译林出版社，2011。第5—6页。

度濒临疯狂的边缘。其实,科尔曼之所以反应如此强烈,主要原因在于,在潜意识深处,他从来都没有忘记自己黑人的民族属性,这在他子女出生时有很好地体现。作为一名黑人,科尔曼因为自己身份的逾越,最终被指控有反黑人的倾向,对他而言,这个讽刺过于辛辣,标志着他所有的努力都已付之东流。"为了逃避社会的敌意,他假冒他人,结果却遭到学界法西斯式的惩罚。"[①]如此尴尬的处境,或许便是对他吊诡的身份僭越的规诫吧。

"美国三部曲"中出现了"祖克曼"回归的现象。祖克曼是"被缚的祖克曼"三部曲中的主人公,但这次却"客串"出演,以小说家的身份,充当小说中主人公经历的见证者与参与者,一方面可以控制小说情节的发展,同时也为读者阅读带来了更多的启示。在情节发展过程中,祖克曼凭借他与主人公交叉的人生经历,为读者补充小说情节直线发展所无法提供的元素,同时,他也作为评论家,对事件进行评说与阐释,在一定程度上,为读者更好地参与到作品意义的构建起到了重要的作用。

罗斯把其"美国三部曲"建基于美国历史上的三个重要事件上,通过特定历史场域个体人物与历史时代之间的张力关系,来展现作品中人物因其族裔属性与特征所遭遇的悲剧命运,进而为当前的美国族裔关系提供了警示:美国真正意义上种族平等还有很长一段路要走。

① Safer, Elaine B. *Mocking the Age: The Later Novels of Philip Roth*. Albany: State U of New York P, 2006. p. 124.

结 语

随着历史的脚步跨入“后异化”时代,美国犹太人在实现了同化目标后,如何看待“大屠杀”、看待犹太人与非犹太的关系、看待美国犹太人和以色列的关系、看待以色列人和阿拉伯人之间的关系已经成为了他们必须直接面对的问题。对于这一系列问题,小说家菲利普·罗斯也通过他后期的小说文本予以了回应与阐释。而阅读他这一阶段的作品,读者会发现,和他先前的文学创作一样,他后期作品也是以越界书写为其主要特征,但不同的是,这些作品具有更为宽广的族群意识与民族关怀。

对于罗斯来说,越界书写是一个辩证复合体:一方面是对某些规制、传统的有意违背或改写,但同时,也是一个不断抗争、不断倡导与坚持的过程。有鉴于新时代美国社会现实和美国犹太人的思想意识状态,罗斯从意识形态与犹太意识两个方面提出了批判,而对主体间性与历史意识表示出肯定与支持。

美国社会通过“大屠杀的美国化”消解了大屠杀的民族独特属性,把它泛化为人性恶的产物,使代表美国主流社会的 WASP 走出负疚者心理阴影,帮助他们重新获得道义上的制高点,为其二战期间世界救世主地位的确立获得了合法性。菲利普·罗斯通过自己具有反托邦性质的作品《反美阴谋》,对美国社会主流意识形态的虚伪性进行了揭露与批判。

经历了大流散的犹太人,对以自己民族文化和民族认知为特征的犹太意识有着明确的认识。但是第二次世界大战后,随着以色列国的建立,犹太人,尤其是美国犹太人,在自己究竟应该拥有什么样的犹太意识这一问题上产生了很大的分歧,尤其在对以色列与阿拉伯关系方面。罗斯在《反生活》与《夏洛克行动》中把以色列作为书写的背景,直面中东问题对当代犹太人造成的困惑,质疑了犹太人在中东问题上的强硬姿态,力图通过自己的文学阐释,让不同的声音都有表达的机会,以此增进世人对以色列的了解与认识。

相对于批判的声音,罗斯后期作品中也开始更多地出现了认可与肯定的声音。鉴于后异化时代,人的异化已是一个不争的事实,人与人之间的关系日益冷漠、疏离,对此情况,这位善于“自我指涉”、“自我书写”的犹太作家，又通过《复仇女神》的书写，对促进人际和谐的主体间性思想进行了召唤。

审视历史是自我认识、自我发现的重要途径，所以列宁才会有“忘记过去就等于背叛”的警示语。对于罗斯而言，当代美国犹太人应该有一种深厚的历史意识，因为只有不断回归历史，才有可能发现被人为地遮蔽、掩藏起来的事实，才能对美国犹太人的历史境遇有更好的认识，才能在此基础上更好地自我定位、自我发展。罗斯通过对历史的想象性书写，为当代美国犹太人在多元社会状态下的自我型塑找到一个更为全面、多维的参照系。

附　录

乔伊斯·卡罗尔·欧茨对话菲利普·罗斯

欧茨：您的第一部作品《再见，哥伦布》于 1960 年获得了美国文学界最具盛名的奖项——国家图书奖，当时您只有二十七岁。几年后，您的第四部作品《波特诺的怨诉》在获得批评界和读者高度认可的同时，也给您带来了恶名，我想这一定改变了您的个人生活，改变了您对自己作为具有强大公众“影响力”作家的认识。您是否认为您的声望加深了您对生活的阅历感、反讽性与深刻性的认识？抑或促使您了解了更多的人情世事？抑或忍受来自其他人的怪异投射(bizarre projections)有时已经超出了您的承受范围？

罗斯：我的声望——与对我作品的赞誉相反——是我设法敬而远之的东西。当然，我知道它就在那里——滥觞于《波特诺的怨诉》，掺杂着由其“自白式”叙事策略所引起的种种幻想，同时也导源于它所取得的经济效益。仅此而已，因为我除了出版作品外，实际上根本没有什么“公众”生活而言。我认为这并不是一种牺牲，因为我从来不想过那样的生活。我也没有那份闲情逸致——这可以部分地解释为什么我会从事小说创作(而不是表演行业，我读大学时曾一度对它很痴迷)，也能解释为什么一个人在房间里写作就是我生活的全部这一事实。我享受独处的乐趣，就像我的一些朋友喜欢参加宴会一样。它给了我极大的个人自由和对存在的切肤体验——当然，它也为我提供了安静的氛围和休憩的场所来开动想象力，以便完成工作。成为陌生人幻想的对象对我毫无乐趣可言，而那恰恰是你所说的名望中所包含的内容。

为了这种独处(还有小鸟和树木)，过去五年的大部分时间我都住在乡间，就是现在，每年也有过半的时间是在林木繁茂的乡村度过的，那里离纽约一百英里远。我有六到八位朋友，他们的家都在我房子周边二十英里的范围内，每个月我都会和他们小聚几次。其它时间，我白天写作，黄昏散步，夜晚阅读。我一生中几乎所有的公众生活都是在课堂上度过的——我每年讲授一个学期的课程。虽然现在我可以依靠写作为生，但自从1956年做全职教师以来，我或多或少都要从事一点儿教学工作。近年来，我的声望已经伴我走进了课堂，但通常过了前几周，当学生们注意到我既没有裸露性器，也没有支起摊子向他们兜售我的新书，他们先前对我所持有的焦虑感和幻想就开始消退了，而我也得以成为一名普通文学教师，而非一个名人。

毫无疑问，"忍耐来自其他人的怪异投射"并非仅仅是成名小说家要与之奋争的东西。否定那些怪异投射还是屈从于他们，对我而言，是今天美国生活的核心之所在，尤其在其日益要求获得可感性与确定性的情况下。每个人都在行为上和形象上被卷入彻底简化自我的大潮中，而这一过程的推手就是大众媒体和广告的无情投射行为；同时，人人都不得不和与自己关系私密的人或机构的期待相抗争。实际上，这些源于正常人际交往的"怪异投射"是我在小说《我作为男人的一生》中的一个关注点——那本小说也可以被称作《别想随心所欲地处置我》。

欧茨：自从您成为一位享有很高知名度的作家（我很犹豫要不要使用那个令人不愉快的词汇"成功"）之后，有没有不太知名的作家曾经试图利用、操纵您为他们的作品摇旗呐喊？您是否认为您曾经受到批评界不公正的对待或很不准确的评价？我也想知道，相对于初入文坛，现在的您是否渐渐感觉自己已经有了一个圈子？

罗斯：不，我没有这样的感觉，也从来没有受"操纵"为不知名的作家摇旗呐喊。我不喜欢为了广告或者推广的目的而做的"推荐"——并不是因为我缺乏热情，而是因为我不能用十五或者二十个词汇来描述我认为特殊或值得特别关注的作品。如果我特别喜欢所读到的作品，就会直接给作家写信。有时候，当我发现我被某位作家作品中的某个方面所吸引，同时感觉这个内容很有可能被忽略或被轻视，我就给那位作家作品精装本的出版商写段落较长的文字，来表示对该作家的支持，此时出版商通常承诺会使用推荐文章的全文。然而，最终——因为我们生活在一个堕落的世界上——最开始由七十五个词汇构成的学术赏析却被缩略为平装本封面上一声廉价的吆喝。

自从"享有很高知名度"以来，我曾为五位作家的作品写过一些文字：爱德华·豪格兰德（Edward Hoagland）的《来自上个世纪的箋疏》（*Notes from the Century Before*）、桑德拉·霍克曼（Sandra Hochman）的《永不放弃》（*Walking Papers*）、艾莉森·卢瑞（Alison Lurie）的《泰特家的战争》（*The War Between the Tates*）、托马斯·罗杰斯（Thomas Rogers）的

《追寻幸福》(*The Pursuit of Happiness*)和《世纪之子的告白》(*Confessions of the Child of the Century*)和理查德·斯特恩(Richard Stern)的《1968年》(1968)和《其他人的女儿》(*Other Men's Daughter*)。1972年,《君子》(*Esquire*)杂志为正在筹划中的一期特写做准备,邀请四位"老作家"(如他们所称谓的那样),艾·巴·辛格(Isaac Bashevis Singer)、莱斯里·费德勒(Leslie Fiedler)、马克·肖勒(Mark Schorer)和我,要求每人为一位自己喜爱的三十五岁以下的作家写篇简评。辛格写的是巴顿·米伍德(Barton Midwood),费德勒写的是比尔·赫顿(Bill Hutton),肖勒写的是朱迪思·拉斯科(Judith Rascoe),而我则选择了艾伦·陆契克(Alan Lelchuk)。我曾和陆契克有过接触,当时我俩都在亚都艺术家中心(Yaddo)待过相当长的一段时间,后来读过他的小说《美式恶作剧》(*American Mischief*)的手稿,并深深为之吸引。我限定自己只对这本书做描述性的介绍,并做了一点细读式的分析。虽然我的文章几乎不包含什么溢美之词,但还是在秘密警察中引发了一些令人惊愕的情感。一位著名的报纸评论员在他的专栏中写道,"一个人只有深入到纽约文学圈拜占庭式的世仇与愤怒之中去",才能明白我为什么会写那篇一千五百字的文章,而这篇文章也导致这个评论员称我为一个"推捧型作家"(Blurb Writer)。他完全忽略了以下事实:出于对新锐小说家的爱护,我才和辛格、费德勒、肖勒一道,接受了《君子》杂志的邀请来谈论他的作品。如此评价也太缺乏策略了。

近年来,我又从更多边缘"文学"记者(狄更斯谓之为"文学虱蚤"者也)处,而非那些职业作家——无论青年作家还是成名作家那里,遭遇了这种"操纵"行径——恶毒的幻觉掺杂着幼稚的天真,还伪装成内部人士的模样。事实上,我认为自从研究生毕业以后,我从来没有像现在一样意识到:文学交往是我生活中如此重要且必要的一部分。与我钦慕的作家,或者感觉有亲缘关系的作家交流正是我摆脱孤独的方式,也为我提供了一种难得的归属感。好像无论在哪里教书或生活,我总是能够拥有一位可与之交流的作家朋友。这些我在各地遇到的小说家——芝加哥、罗马、伦敦、爱荷华市、亚都、纽约、费城——基本上我现在还与他们保持联络。我们交换作品定稿、分享观点;如果方便,我每年去拜望他们一两次并聆听他们的见解。迄今为止,我们当中那些一直保持友谊的人,虽然已经不再认同其他作家创作的倾向性,但既然我们看起来对彼此的正直与善念都没有失去信心,这种不赞赏的态度就没有主流优越性或学术上纡尊降贵(或者理论性的长篇大论、竞争性的沾沾自喜,或者无情的严肃对待)的因素在里面,而有时这样的因素却可以用来描述专业人士为阅读受众所写的批评文章。小说家是我接触过的最有趣的读者群体。

弗吉尼亚·伍尔夫在一篇尖锐、雅中含怒的小文《评论》中建议道,应该取消谈论书籍的报刊通俗文章(因为95%的此类文章毫无价值可言),那些从事评论的严肃批评家应该努力使自己受雇于小说家,因为小说家通常都很迫切地想知道一个诚实而又睿智的读者是如何看待自己作品的。看在报酬的份上,批评家——可以称之为"顾问、评注者或阐释者"——将私下里较为正式地和作家会面"整整一个小时",弗吉尼亚·伍尔夫写道:"他们会就被讨论的作品发表意见……顾问将开诚布公地说出自己的想法,因为影响销量和伤害别人感情的恐惧已被移除。私密性会降低出风头、偿还债务的愿望……他能集中注意力于作品本身,并告诉作者他为什么喜欢或者不喜欢这部作品。作者本人也同样会从中受益……他可以阐释他的立场与观点,指出他遇到的困难。他将再也不会有现今常有的感触,即批评家正在谈论他没有写过的东西……与他自己选择的批评家私下畅谈一小时,将会比充斥着作者本意之外的五百字批评文章更有价值。"

很好的想法。对我而言,能与埃德蒙·威尔逊(Edmund Wilson)坐上一个小时,倾听他对我的作品所做的评论绝对值一百美元。如果弗吉尼亚·伍尔夫愿意对我的《波特诺的怨诉》做出评价,我不会拒绝她提出的任何要求,如果她的要求不至于使我倾家荡产的话。没有人会拒绝服药,如果这药方是真正医生开出的。这种体系的好处之一还在于,既然没有人会轻易浪费辛苦赚来的钱财,大多数江湖术士和能力不逮者将不得不"下岗"。

至于"批评界特别不公正的对待"——当然彼时我血脉贲张、怒火中烧、情感受伤,耐心遭受考验等等情况不一而足。但最后,我却对自己感到很气愤,因为我允许自己血脉贲张、怒火中烧、情感受伤,并允许耐心遭受考验的情况发生。当"批评界的不公正对待"已经和不能忽视的指控联系在一起时——对我的诸种指责,如"反犹主义"——我就不能独自生气了,最终我在公众场合回应了那些批评。其它时候,我生气,然后忘了它;坚持让自己忘记它,直到实际上——奇迹中的奇迹真的发生了——我确实把它忘记了。

最后:谁会引起"批评界的关注"呢?为什么用这样一个短语来抬高

谈论小说创作的文字的价值呢？在我看来，一个作家得到的只是埃德蒙·威尔逊所言的，“那些碰巧和（作家的）作品有过接触的不同智力水平的人观点的合集”而已。

欧茨：埃德蒙·威尔逊的话从理想意义上来看是对的，但很多作家还是受到“批评界关注”的影响。《再见，哥伦布》能够脱颖而出并受到高度赞扬的事实，必然在一定程度上激励了您的创作；而那些批评家们，当然也为您带来了一大批读者。我从1959年开始阅读您的作品，它们在具有极高可读性的框架内，轻松自如（或许应该说“看起来毫不费力”）地把口语化、喜剧性、近乎悲剧的、极端道德化的内容整合起来，这种手法很快便打动了我…… 给我的感觉是，阅读的是传统的故事，但同时又极具革命性。我想到了《犹太人的改宗》、《宗教狂热者艾利》和中篇小说《再见，哥伦布》。

您作品中一个比较突出的主题好像是主人公意识到他生活中的缺失，并为此而感到遗憾，但最后又颇具讽刺意味地“接受”了这种缺憾（好像不管这有多么痛苦，都已经成为作品主人公的宿命而无法逃避）。看一看《再见，哥伦布》中的年轻女孩和《我作为男人的一生》中她的另一个自我，两个人最后都被拒绝了。但这种缺憾可能也有更为广阔的情感和心理暗示吧——即美丽而过于年轻的女郎显示出了超越个体的特征。

罗斯：1. 你准确地看到了以新形式回归的传统人物形象，《再见，哥伦布》中的女主人公，无论她是作为一个小说人物存在，还是“呈现”给主人公一个选择的可能性，都在《我作为男人的一生》中以塔尔诺普的蒂娜·多恩布施的形象出现并被重构（重新评价），变身为“富裕、美丽、受监护、睿智、性感、可爱、年轻、精力充沛、聪明、自信、野心勃勃”的沙拉·劳伦斯女孩，而最终却被塔尔诺普抛弃，仅仅因为她不是这个浪漫而雄心勃勃的文学青年所认可的那种“女人”——如莫林那样穷困潦倒、自食其力、喜怒无常、争强好斗且难以驾驭。

此外，蒂娜·多恩布施（作为次要人物）本身也被塔尔诺普在他的自传叙事（《有用的故事》）前的两个故事中被重构、重新评价。首先在《青春年少》中，她以放荡、幼稚、奴性、令人着迷的犹太郊区女孩的形象出现，在乒乓球桌下与他交欢；而在《自寻烦恼》中，她又作为一个有魅力、精明、在学业上雄心勃勃的大四学生，在朱克曼教授与之断绝关系后，她告诉教授去结交他意中的“受伤”女人，指出他身上那种华而不实的“成熟”，表明他只不过是“一个疯狂的小男生而已”。

这两个人物都叫沙伦·薛实基，她们与蒂娜·多恩布施的关系就如虚构故事中的人物相对于现实世界中的原型一样。这些沙伦其实就是蒂娜在塔尔诺普个人神话中所扮演的角色，但前提是她已经被塔尔诺普从自己的生活中放逐。这个神话，这个自我的传说（这个经常被读者错误地视为含蓄自传的有用虚构）其实就如同建筑师对别人用现实赋予的材料建造出来的——或者将要建造出来的——造物的理想化图绘一样。通过这种方式，任何塔尔诺普式的虚构都是其对命运的体认。

或者，如我所知，这个进程选择了另外一条路径：用以揭示个体命运隐秘运行方式的私人神话，实际上造成记述个体历史命运的文本难以卒读。如此一来，不断增加的困惑感促使个人重述他的经历，并在那些永远也不会成为羊皮卷的纸上不厌其烦地重构被抹去的内容。

有时候，我相信只有小说家和疯子才会如此对待只有一次的人生——使透明的变得不透明，不透明的透明，晦涩的明晰，明晰的晦涩等等。迪尔摩·舒瓦兹(Delmore Schwartz) 在诗作《创世纪》中写道，"为什么我必须，歇斯底里般，讲述这个故事/并且必须，被迫着，讲述这样的秘密？/…… 我的自由在哪里，如果我不能反抗/如此多的言语却脱口而出……？/我还要忍受多久这可怕的洋相/经历过的或生活于其中的：为什么啊？"

2. "……缺失，并为此而感到遗憾，但最后颇具讽刺意味地'接受'这个缺憾。"你指向了一个我以前没有思考过的主题——所以这里我想多说几句。当然，塔尔诺普因为自己的错误而毫不留情地惩罚自己，但正是这些惩罚（以及伴之而来的尖叫）向他揭示出，那个错误主要是由于他的性格而犯下的，那个错误带有典型的塔尔诺普风格。他即他的错误，他的错误也即是他。"这个我就是我，就是我自己，而不是别的什么人。"（周国珍等译文）《我作为男人的一生》的最后一行被用来指明对自我以及自我编撰历史的一个愈发严厉的态度，而非仅"颇具讽刺意味地'接受'"所暗示的那样。

就我看来，恰恰是贝娄在他最后两部充满苦痛的作品中，回应了"缺失，并为此而感到遗憾，但……颇具讽刺意味地'接受'这个缺憾"的主题。这在贝娄早期的作品中也曾出现过（我认为并非很令人信服），在《只争朝夕》的结尾处，但我一直认为这部作品的结局不够自然，尤其是贝娄突然使用《瓮葬》体散文，感伤地提升汤米·威尔汉的悲惨处境。我比较喜欢《离开黄色屋子》的结尾，欣赏它对缺憾那种动人而又深具反讽意味的拒斥——无须“海涛般的音乐”来帮助人们体会最本初的情感。如果说《我作为男人的一生》的结尾处（或者讲述过程中）真的存在对什么事物反讽般的接受的话，那就是决绝的自我。令人愤怒的挫败感，对禁锢人性的深恶痛绝，紧紧地融入到了那反讽式的接受中。接下来就只有一个感叹号了。

我总是被《审判》近结尾处的一个段落所吸引。在那个章节中，K. 站在教堂里，仰望牧师，突然间充满了希望——那段内容和我现在所要表达的很契合，尤其是和“决绝”这个词相契合。这里的“决绝”包含两层含义：迫切、决断，同时目标明确——但又被彻底固定在某处了。“如果牧师能够从布道坛上下来，和他统一意见也不是不可能的，从他那儿得到一个至关重要的、可以接受的意见也不是不可能的，比如指点他一下不要对诉讼施加影响，怎样可以逃避诉讼，躲避诉讼，告诉他有案在身如何生活。肯定有这样的可能性，K. 在最近一段时间里常常想这些可能性。”（王滨滨译文）

最近，谁又没有过这样的想法呢？而一旦站在布道坛的那个人变成了个体自身，那么反讽就这样出现了。只要人能够从布道坛上走下来，他就会得到一个至关重要的、可以接受的意见。怎样才能设计出一种个体彻底不受自创的法庭体系制约的生活方式呢？我要指出的是，伴随那场斗争而来的、对缺憾的反讽式接受是《我作为男人的一生》的一个主题。

欧茨：不知是您还是某个试图模仿您的人，曾经写过一个男孩变成女孩的故事……？那对您而言是一种怎样的噩梦般的可能性？（我指的不是《乳房》：它对我而言是一部文学作品，而非一部真实的心灵之旅，它与您其它作品不同。）您能——您是否可以——发动您的想象力，来理解女人的一生呢？来理解女性作家的创作生涯呢？我知道这样说胡思乱想的成分较多，但如果您有选择的可能，您是想作为男人还是作为女人（当然您也可以选择其他）走过人生？

罗斯：都可以啊。如《奥兰多》中雌雄同体的主人公一样。意即按照顺序改变（如果你能控制的话）而非同时并存。如果我不能衡量两种生活之间的差别，那么，那种生活就和现在的生活没有什么区别了。在做了这么多年的犹太人后，突然间不属于这个族群了，这不也是很有意思的事情嘛。阿瑟·米勒曾在《焦点》中想象过相反的“噩梦般的可能性”，在那部作品中，一个反犹主义者却被世界看成他所愤恨的犹太人。然而，我不是在谈错置的身份或者肤浅的改宗，而是魔法般地完全变为他者，同时保留着原初自我的身份意识，佩戴着自己原始身份的徽章。在六十年代早期，我曾创作了(并未上演)一出独幕剧，名为《再次埋葬》，讲述了一个已故犹太人的故事，当他被给予作为异教徒而重生机会时，他拒绝了，最终沦为被遗忘的命运。我完全理解他的感受，但如果在冥府我被给予同样的机会，我不确定我是否会做出同样的选择。我知道这会引发《评论》(*Commentary*)杂志的不满，但我必须要学会与之相处，就像我第一次所做的那样。

舍伍德·安德森曾写过一个短篇《变女记》，那是我读过的最美的感观小说。在小说中，一个男孩在酒吧照镜子的时候，看到自己变成了一个女孩，我不知道这个是不是你所指的那部小说。不管怎么说，我并没有写过那样一部关于性别转变的小说，除非是你想到了《我作为男人的一生》，想到小说主人公有一天穿上妻子内衣的情景，但他如此行事不过是暂时给自己的性别属性放个假而已。

当然我也写过关于女性的作品，并且对其中的一些形象有强烈的认同感，如其所是，在写作过程中，我也把自我的想象因素书写进去。《放手》中的玛沙·里根哈特和利比·赫兹、《伊人好时》中的露西·奈尔森和她的母亲、《我作为男人的一生》中的莫琳·塔尔诺普和苏珊·麦考尔(还有丽迪亚·克特雷尔和沙伦·薛实基)。我动用想象力对"女性人生经历的理解"的多寡都蕴藏在那些作品中了。

我一直把《再见，哥伦布》看做是我的试笔之作，人物塑造方面比较单薄，所以在书中也没有对那个女孩做更多的刻画。也许我没有在她身上更多着墨的原因在于，她被塑造成一个过于冷静的角色，知道如何获取自己想要的东西并能很好地照顾自己，如此人物不能引发我更多的想象。此外，当我看到更多的女性离开家庭开始独立生活时——而这正是布兰达·帕廷金刻意回避的——我就觉得她们越来越不够沉静了。从《放手》开始，我开始写作女性的脆弱，不但从它决定了女性命运——女性感到这种脆弱是她们存在的核心——的角度，也从她们寻求爱情与支持的男人角度来看待这种脆弱。如此一来，女性变成了我的想象力可以把握并扩展的人物。这种由脆弱性塑造的两性(每个都以其性别所具有的风格特征呈现出其脆弱性)关系，成为我所讲述的关于这八位女性的所有故事的核心。

欧茨：在《波特诺的怨诉》、《我们这一伙人》、《乳房》和您最新关于棒球的小说《伟大的美国小说》的部分章节中，您好像都在欢庆艺术家彻底的游戏态度，一种几无自我的状态，用托马斯·曼的话说，就是反讽无所不在。苏菲派教徒有一句名言，大意是说宇宙就是"无尽的游戏与无尽的假象"；同时，我们大多数人所经历的却是致命的严肃体验，所以我们感觉有必要——确实我们无法不感觉到这种必要性——在写作中保持"道德关怀"。小说《放手》、《伊人好时》和《我作为男人的一生》的大部分篇幅，甚至充满鬼魅般魔力的短篇小说《在空中》中，你都拥有高度的"道德意识"，那么在您看来，您对喜剧手法的执著是对您性格中另一面的反动，还是永久性的特征呢？您会预测(但当然您不能)某个强有力的钟摆会把您送回到从前的状态，彼时您正致力于"严肃"体裁甚或詹姆斯式风格的创作？

罗斯：彻底的游戏状态和致命的严肃关怀是我最亲密的朋友。每天黄昏的时候，它们都陪伴我在乡村小路上漫步。其实，致命的游戏状态、为了游戏而游戏、严肃的游戏状态、严肃的严肃关怀与纯粹之纯粹状态都与我常年交好。但从最后一个方面我没有获得任何收益；它只是在不断地搅动我的心灵，使我处于无言的状态。

我不知道那些你所称的喜剧性作品是否真的毫无自我。《伟大的美国小说》中那种炫耀般的展示与自信，比之《放手》中采用自我移除与自我遮蔽作为必要手段来展现自我的存在，不是来得更真实吗？我认为喜剧也许是充斥自我最多的地方；至少它们不会是自我贬损的行为。我写作《伟大的美国小说》的过程之所以充满乐趣，主要是因为作品中所包含的自我申张——或者可以说，如果这个事物确实存在，自我的盛典(或者"炫耀"较为贴切?)。所有那些曾经因其表征过度、轻浮、表现狂而被我压制的动机，我都让其自由浮现并走完自己的生命历程。当我体内的检察官穿着长袍站起来，负责任地说，"现在看看这里，你不认为这有些过于……"我就会从写作这本书时常戴的棒球帽下面，回答他说，"这就是我想要的！终于可以拿到台面上了！"如此做主要是想看看第一印象给人感觉"有些过分"的事物，如果能够被允许存在并自由发展，最后将是一个怎样的结局。我明白可能会有灾难发生(已经有人这么告诉过我)，但我设法对当时享受着的乐趣充满信心。寓乐于写作中。这足以使福楼拜在他的墓中辗转难安了。

我不知道接下来能期待或预测什么。自从《波特诺的怨诉》出版后，我就开始酝酿《作为男人的一生》，但在写作过程中却是写写停停，直到几个月前才完成。每当我停止对它的写作，我就开始写作"游戏性"的作品——也许这本书写作过程中的困难使我所产生的绝望情绪，可以解释我为什么想使其它的作品活泼一些。不管怎么说，当《我作为男人的一生》在“道德”之炉上慢慢酝酿的时候，我写作了《我们这一伙》、《乳房》和《伟大的美国小说》等几本书。当下还没有写作计划；至少没有能令我痴迷的素材出现。目前这没有什么令人沮丧的：我感到(还是当下)我的职业生涯好像已经到达一个可以停歇的阶段，没有什么必须要完成的东西，也没有什么急于要开始的——只有零散的材料和对事物片段化的执著不时出现在视野中，但目前它们都已沉寂不见。我的创作主题通常都以出人意料或很随机的方式出现在我的脑海中，但当我完成作品时，我基本都能看出这个主题是我以前的小说、最近未经思考的人生、日常生活环境以及最近在阅读或讲授的作品合力作用的结果。这些经历之间不断变化的关系最终把主题事件带到视野的聚焦点，接着我便借助沉思，找到处理这个主题的方法。我使用“沉思”仅仅是用来表现这个行为最明显的外部表征；而我的内心其实却是异常的纠结。

注解[Notes]

① 此文最初见于《安大略评论》(*Ontario Review*)1974 年创刊号上，题目是《对话菲利普·罗斯》(“A Conversation with Philip Roth”)，译文题目是译者所加。译文所依据的文本来自乔治·塞尔编辑的《菲利普·罗斯对话录》，参见 Oates, Joyce Carol. “A Conversation with Philip Roth.” *Conversations with Philip Roth*. Jackson and London: University Press of Mississippi, 1992. 89—99. 译稿蒙青岛大学师范学院英语系孟宪华副教授校读，谨致谢意。

人名索引

A

B

C

D

E

F

G

H

J

K

L

M

N

O

P

Q

R

S

T

V

W

X

Y

Z

参考文献

[1] Andrew, Furman. "A New 'Other' Emerges in American Jewish Literature: Philip Roth's Israel Fiction." *Philip Roth*. ed. Harold Bloom. Philadelphia: Chelsea House, 2003.

[2] Bataille, G. *The Inner Experience*. Albany: State University of New York Press, 1988.

[3] Bataille, G. *Eroticism*. London: Penguin, 2001.

[4] Bakhtin, M. M. *Rabelais and His World*. tr. H. Iswolsky, Cambridge: MIT Press, 1968.

[5] Baumgarten, M., and Barbara G. *Understanding Philip Roth*. Columbia: University of South Carolina Press, 1990.

[6] Bloom, Harold. ed. *Philip Roth: Modern Critical Views*. NY: Chelsea House Publishers, 1986.

[7] ——. ed. *Philip Roth: Modern Critical Views*. Philadelphia: Chelsea House, 2003.

[8] Bradbury, Malcolm. "Neorealist Fiction." *Columbia Literary History of the United States*. ed. Emory Elliott. New York: Columbia University Press, 1988.

[9] Brauner, David. *Philip Roth*. Manchester and New York: Manchester University Press, 2007.

[10] Cooper, Alan. *Philip Roth and the Jews*. Albany: State University of New York Press, 1996.

[11] Cronin, Gloria, Berger, Alan. *Encyclopedia of Jewish-American Literature*. New York: Facts On File, Inc., 2009.

[12] Emerson, Ralph Waldo. "Art." *Selected Writings of Emerson*. ed. Donald. McQuade. New York: Modern Library, 1981.

[13] Foucault, M. *Language, Counter-Memory, Practice*. tr. Donald F. Bouchard and Sherry Simon. New York: Cornell University Press, 1977.

[14] ——. "Orders of Discourse." Quoted in Jenks, Chris. *Transgression*. London: Routledge, 2003.

[15] Freud, S. *Totem and Taboo*. London: Routledge & Kegan Paul, 1950.

[16] Gramsci, Antonio. *Selections from the Prison Notebook*. London: Lawrence &

Wishart, 1971.

[17] Greenberg, Robert M. "Transgression in the Fiction of Philip Roth," *Twentieth Century Literature*. 1997 (4):487—506.

[18] Greenblatt, Stephen. *Shakespearean Negotiation*. Chicago: University of Chicago Press, 1988.

[19] Halio, Jay L. *Philip Roth Revisited*. New York: Twayne, 1992.

[20] Halio, Jay L., Siegel, Ben. ed. *Turning Up the Flame: Philip Roth's Later Novels*. Newark: University of Delaware Press, 2005.

[21] Howe, Irving. "The Suburbs of Babylon." *New Republic*, June 15, 1959.

[22] Jenks, Chris. *Transgression*. London: Routledge, 2003.

[23] Jones, Jacqueline, etc. *Created Equality: A Social And Political History of The United States*. New York and San Francisco: Pearson Education, Inc., 2003.

[24] Jones, Judith P., Nance, Guinevera A. *Philip Roth*. New York: Ungar, 1981.

[25] Kojeve, Alexandre. *Introduction to the Reading of Hegel*. Ithaca: Cornell University Press, 1969.

[26] Landis, J. C. "The Sadness of Philip Roth: An Interim Report," *Massachusetts Review*, 1962, (3).

[27] Lee, Herminone. *Philip Roth*. New York: Methuen, 1982.

[28] Lyons, Bonnie. "En-Countering Pastorals in*The Counterlife*," *Philip Roth: New Perspectives on an American Author*, ed. Derek Parker Royal. Westport, Connecticut: Praeger, 2005. pp. 119—127.

[29] Marcus, J. Philip Roth, On Writing and Being Ticked Off [EB/OL]. http://www.latimes.com/entertainment/la-ca-philip-roth14—2008sep14,0,2462935.story

[30] Marie A. *Text/Countertext: Postmodern paranoia in Samuel Beckett, Doris Lessing and Philip Roth*. New York: Peter Lang Publishing, 1997.

[31] McDaniel, John N. *The Fiction of Philip Roth*. Haddonfield, NJ: Haddonfield House, 1974.

[32] Mcgrath, Charles. "Zuckerman's Alter Brain." *New York Times Book Review* 7 May 2000.

[33] Milbauer, Asher Z., Watson, Donald G. eds. *Reading Philip Roth*. New York: St. Martin's Press, 1988.

[34] Milowitz, Stephen. *Philip Roth Considered: The Concentrationary Universe of the American Writer*. New York: Garland Press, 2000.

[35] Noys, B. *George Bataille: A Critical Introduction*. London: Pluto. 2000.

[36] Parrish, T. *The Cambridge Companion to Philip Roth*. Cambridge: Cambridge

University Press, 2007.

[37] Pinsker, Sanford. *The Comedy That "Hoits": An Essay on the Fiction of Philip Roth*. Columbia: University of Missouri Press, 1975.

[38] Pinsker, Sanford. "They Dream of Zion: Jewish-American Novelists Re-create Israel." *Jewish Exponent* [Philadelphia] 4 June 1993.

[39] Posnock, Ross. *Philip Roth's Rude Truth: The Art of Immaturity*. Princeton: Princeton UP, 2006.

[40] Pughe Thomas. *Comic Sense: Reading Robert Coover, Stanley Elkin, and Philip Roth*. Basel, Boston, Berlin: Birkhauser Verlag, 1994.

[41] Ravvin, Norman. *A House of Words: Jewish Writing, Identity and Memory*. Montreal: McGill-Queen University Press, 1997.

[42] Rodgers, Bernard F. Jr. *Philip Roth*. Boston: Twayne, 1978.

[43] Roth, M. S. *Knowing and History. Appropriations of Hegel in Twentieth-Century France*. Ithaca: Cornell University Press, 1988.

[44] Roth, Philip. *The Anatomy Lesson*. New York: Vintage International, 1996.

[45] ——. *Conversations with Philip Roth*. eds. Searles, G. J. Jackson and London: University Press of Mississippi, 1992.

[46] ——. *Nemesis*. New York: Houghton Mifflin Harcourt, 2010.

[47] ——. Old Age Is a Massacre [EB/OL]. http://www.spiegel.de/international/0,1518,433607,00.html 2010—04—23.

[48] ——. *Portnoy's Complaint*. London: Vintage, 1999.

[49] ——. *Reading Myself and Others*. New York: Farrar, Straus and Grioux, 1975.

[50] ——. "The Story behind *The Plot Against America*," in the *New York Times*, September 19, 2004.

[51] ——. *Zuckerman Unbound*. New York: Vintage International, 1995.

[52] Royal, Derek Parker. "Pastoral Dreams and National Identity in *American Pastoral* and *I Married a Communist*," in *Philip Roth: New Perspectives on an American Author*, ed. Derek Parker Royal. Westport, Connecticut: Praeger, 2005. pp. 185—207.

[53] ——. *Philip Roth: New Perspectives on an American Author*. Westport, Connecticut & London: Praeger Publishers, 2005.

[54] Rudnytsky, Peter L. "*Goodbye, Columbus*: Roth's Portrait of the Narcissist as a Young Man." *Twentieth Century Literature*, Spring 2005: 25—42.

[55] Safer, Elaine B. *Mocking the Age: The Later Novels of Philip Roth*. Albany: State University of New York Press, 2006.

[56] ——. "The Double, Comic Irony, and Postmodernism in Philip Roth's *Operation Shylock*," in *Philip Roth: Modern Critical Views*, ed. Harold Bloom, Philadelphia: Chelsea House, 2003. pp. 101－117.

[57] Searles, George J. *The Fiction of Philip Roth and John Updike*. Carbondale: Southern Illinois University Press, 1985.

[58] Shostak, Debra. *Philip Roth—Countertexts, Counterlives*. Columbia: University of South Carolina Press, 2004.

[59] ——. "The Diaspora Jew and the 'Instinct of Impersonation': Philip Roth's *Operation Shylock*." *Contemporary Literature* 38, 1997.

[60] Sicher, Efraim. "The Future of the Past: Couner-memory and Postmodernity in Contemporary American Post-holocaust Narratives." *History and Memory*, 2000 (2).

[61] Solotaroff, Ted. "The Open Community." *Writing Our Way Home: Contemporary Stories by American Jewish Writers*. eds. Ted Solotaroff and Nessa Rapoport. New York: Schocken, 1992.

[62] Solotaroff, Theodore. "Philip Roth and the Jewish Moralists." *Chicago Review* 13, 1959.

[63] Stallybrass, Peter, White, Allon. *The Politics and Poetics of Transgression*. Ithaca, New York: Cornell University Press, 1986.

[64] Todorov, Tzvetan. "The Origin of Genres." *Modern Genre Theory*. ed. David Duff. Harlow: Longman, 2000.

[65] Wade, Stephen. *Imagination in Transit: The Fiction of Philip Roth*. Sheffield: Sheffield Academic Press, 1996.

[66] White, H. *Tropics of Discourse*. Baltimore: John Hopkins University Press, 1978.

[67] 爱德华·W·萨义德,文化与帝国主义[M],李琨译,北京:生活·读书·新知三联书店,2004。

[68] 安德鲁·本尼特,尼古拉·罗伊尔,关键词:文学、批判与理论导论[M],汪正龙,李永新译,桂林:广西师范大学出版社,2007。

[69] 比格斯贝,C W E,达达和超现实主义[M],周发祥译,北京:昆仑出版社,1989。

[70] 陈榕,新历史主义[A],赵一凡,张中载,李德恩编,西方文论关键词[C],北京:外语教学与研究出版社,2006。

[71] 邓蜀生,美国犹太人同化进程初探[J],世界历史,1989(2):28－37,加9。

[72] 冯亦代,菲利普·罗思的"自传"[J],读书,1989(2):135－137。

[73] ——,菲利普·罗斯当了间谍[J],读书,1993(8):134－137。

[74] 菲利普·罗斯,反生活[M],楚至大,张云霞译,长沙:湖南人民出版社,1988。

[75] ——,行话:与名作家论文艺[M],蒋道超译,南京:译林出版社,2010。

[76] ——,人性的污秽[M],刘珠还译,南京:译林出版社,2011。

[77] ——,我嫁给了共产党人[M],魏立红译,南京:译林出版社,2011。

[78] ——,再见,哥伦布[M],俞理明,甘兴发,朱涌鑫译,北京:中国社会科学出版社,1987。

[79] ——,再见,哥伦布[M],俞理明,张迪译,北京:人民文学出版社,2009。

[80] 弗洛伊德,图腾与禁忌[M],赵立纬译,上海:上海世纪出版集团,2005。

[81] 傅勇,犹太人的困境与自救——论当代美国犹太文学的走向[J],河北师范大学学报(哲社版),2001(2):74-80。

[82] 高婷,超越犹太性——新现实主义视域下的菲利普·罗斯近期小说研究[M],北京:光明日报出版社,2011。

[83] 管建明,对立生活版本的并置与犹太文化身份的探寻——评菲利普·罗思的小说《反生活》[J],国外文学,2009(4):69-78。

[84] 海德格尔,存在与时间[M],陈嘉映译,北京:三联书店,1987。

[85] 海登·怀特,后现代历史叙述学[M],陈永国等译,北京:中国社会科学出版社,2003。

[86] 胡碧媛,犹太文化与犹太身份:美国犹太文学人物剖析[J],南京邮电学院学报,1999(2):35-39.

[87] 胡继华,法兰西的另一种"政治哲学"[EB/OL]。http://www.gmw.cn/01ds/2004-03/03/content_3348.htm. 2010年4月15日访问.

[88] 黄铁池,不断翻转的万花筒——菲利普·罗斯创作手法流变初探[J],上海师范大学学报,2009(1):56-63。

[89] ——,当代美国小说研究[M],上海:学林出版社,2000。

[90] ——,追寻"希望之乡"——菲利普·罗斯后现代实验小说《反生活》解读[J],外国文学研究,2007(4):107-113。

[91] 伽达默尔,真理与方法[M](上卷),洪汉鼎译,上海:上海译文出版社,1999。

[92] ——,真理与方法[M](下卷),洪汉鼎译,上海:上海译文出版社,1999。

[93] 江宁康,美国当代文化阐释[M],沈阳:辽宁教育出版社,2005。

[94] 杰弗里·布朗,"并非虚构,仅是回忆——菲利普·罗斯访谈"[J],李庆学译,《译林》文摘版,2007(1):38-39。

[95] 金明,菲利普·罗斯作品中的后现代主义色彩[J],当代外国文学,2002(1):151-155.

[96] 金万锋,李增,文与时的对话——菲利普·罗斯早期批评思想概观[J],东北师大学报,2011(3):156-158。

[97] 金万锋,邹云敏,国外菲利普·罗斯研究50年[J],长春工业大学学报(社科版),2010(2):101-104。

[98] 金万锋,邹云敏,生命中难以承受之"耻"——评菲利普·罗斯新作《复仇女神》

[J],长春工业大学学报(社科版),2011(2):123－124。

[99] 雷蒙·威廉斯,关键词:文化与社会的词汇[M],刘建基译,北京:生活·读书·新知三联书店,2005。

[100] 李维屏,戴鸿斌,什么是现代主义文学[M],上海:上海外语教育出版社,2011。

[101] 李昊宇,菲利普·罗斯小说《人性的污秽》中的身份危机[J],安徽文学,2009(4):51－52.

[102] 李显杰,“空间”与“越界”——论全球化时代好莱坞电影的类型特征与叙事转向[J],上海大学学报(社科版),2011(6):22－35。

[103] 李扬,冲突与融合——罗斯小说《美国牧歌》中文化母体的解读[J],内蒙古电大学刊,2008(6):43－46。

[104] 李增主译,《剑桥美国文学史》(第四卷)[M],北京:中央编译出版社,2010。

[105] 廖炳惠,关键词200:文学与批评研究的通用词汇编[M],南京:江苏教育出版社,2006。

[106] 林莉,论《美国牧歌》的多重主题[J],当代外国文学,2008(1):72－77。

[107] ——,论菲利普·罗斯后期小说的历史解读与文学话语[D],厦门:厦门大学,2008。

[108] ——,论菲利普·罗斯小说《鬼退场》的叙事策略[J],当代外国文学,2009(4):87－95。

[109] 刘佳,文学伦理学视角下的《垂死的肉身》的伦理主题分析[D],保定:河北农业大学,2011。

[110] 刘颖,新现实主义下菲利普·罗斯对犹太人身份的关注[J],科教文汇,2009(10)(下旬刊):256－257。

[111] 刘洪一,犹太文学的世界化品性[J],当代外国文学,1997(4):136－142。

[112] ——,走向文化诗学——美国犹太小说研究[M],北京:北京大学出版社,2004。

[113] 刘再复,杨春时,关于文学的主体间性的对话[J],南方文坛,2002(6):14－23。

[114] 罗思等著,鬼作家[M],董乐山译,北京:中央编译出版社,2010。

[115] 罗小云,《夏洛克行动》中内心探索的外化策略[J],当代外国文学,2009(3):94－102。

[116] 陆凡,菲利普·罗斯新著《鬼作家》评介[J],文史哲,1980(1):33－36。

[117] 马克思,恩格斯,马克思恩格斯全集(第三卷)[M],北京:人民出版社,1972。

[118] 玛莎·努斯鲍姆,诗性正义:文学想象与公共生活[M],丁晓东译,北京:北京大学出版社,2010。

[119] 孟宪华,追寻、僭越与迷失——菲利普·罗斯后期小说中犹太人生存状态研究[D],北京:中央民族大学,2011。

[120] 米歇尔·福柯,词与物——人文科学考古学[M],莫伟民译,北京:生活·读书·新知三联书店,2001。

[121] 米歇尔·维诺克,法国知识分子的世纪:纪德时代[M],孙桂荣,逸风译,南京:江苏教育出版社,2006。
[122] 尼尔·波兹曼,娱乐至死[M],章燕译,桂林:广西师范大学出版社,2009。
[123] 欧文·豪,父辈的世界[M],王海良、赵立行译,顾云深校,上海:三联书店,1995。
[124] 欧元春,身份流放的悲剧——从《人性的污点》看菲利普·罗思的身份观[J],科技信息,2011(23):624-625。
[125] 潘德荣,诠释学:从主客体间性到主体间性[J],安徽师范大学学报(人社版),2002(3):273-280。
[126] 朴玉,斯人已去,往生只可追忆——菲利普·罗斯的《普通人》解读[J],名作欣赏,2009(10):84-86。
[127] 朴玉,张而立,倾其一生,难寻理想自我——解读菲利普·罗斯的《普通人》[J],当代外国文学,2008(1):66-73。
[128] 朴玉,于流散中书写身份认同——美国犹太作家艾巴·辛格、伯纳德·马拉默德、菲利普·罗斯创作研究[D],长春:吉林大学,2008。
[129] 乔国强,后异化:菲利普·罗斯创作的新视域[J],外国文学研究,2003(5):57-62,加 173。
[130] ——,美国犹太文学[M],北京:商务印书馆,2008。
[131] 乔治·巴塔耶,作品全集[M](第 12 卷),巴黎:伽里玛出版社,1973。
[132] ——,色情、耗费与普遍经济——乔治·巴塔耶文选[C],汪民安编,长春:吉林人民出版社,2003。
[133] 乔治·塞巴格,超现实主义[M],杨玉平译,天津:天津人民出版社,2007。
[134] 萨德,爱之诡计[M],管震湖译,长春:时代文艺出版社,1998。
[135] 萨克文·伯科维奇主编,剑桥美国文学史(第七卷)[M],孙宏等译,北京:中央编译出版社,2005。
[136] 盛宁,新历史主义·后现代主义·历史真实[J],文艺理论与批评,1997(1):48-58.
[137] 斯拉沃热·齐泽克,泰奥德·阿尔多诺等,图绘意识形态[C],方杰译,南京:南京大学出版社,2002。
[138] 苏珊·S·兰瑟,虚构的权威:女性作家与叙述声音[M],皇必康译,北京:北京大学出版社,2001。
[139] 孙向晨,从黑格尔到现代法国哲学——论科耶夫的新黑格尔主义[J],上海社会科学院学术季刊,1998(1):85-94.
[140] ——. 透过黑格尔看历史——评科耶夫《黑格尔导读》[EB/OL]. http://www.sixiangshi.org/ new/article.php? id=88 2010-03-23.
[141] 汤烽岩,论犹太文化与美国犹太文学[J],中国海洋大学学报,1999(1):84-87。

[142] 特里·伊格尔顿,历史中的政治、哲学、爱欲[M],马海良译,北京:中国社会科学出版社,1999。

[143] 童庆炳,文学概论[M],武汉:武汉大学出版社,2000。

[144] ——,文学理论教程[M],北京:高等教育出版社,1999。

[145] 吴玉杏,《三言》的越界研究[D],台北:政治大学,2002。

[146] 瓦尔特·本雅明,发达资本主义时代的抒情诗人[M],王才勇译,南京:江苏人民出版社,2005。

[147] 万志祥,从《再见吧,哥伦布》到《欺骗》——论罗斯创作的阶段性特征[J],外国文学研究,1993(1):39-43。

[148] 王晓路等,文化研究关键词研究[M],北京:北京大学出版社,2007。

[149] 王岳川主编,后殖民主义与新历史主义文论[M],济南:山东教育出版社,2001。

[150] 夏明滇,历史的文本性与文本的历史性——从新历史主义角度分析《美国牧歌》[J],镇江高专学报,2009(4):39-45。

[151] 徐崇亮. 论"反叛"犹太传统的美国当代作家菲力普·罗思[J]. 南昌大学学报,2003(1):113-116。

[152] 徐新,犹太文化史[M],北京:北京大学出版社,2006。

[153] 薛春霞,论菲利普·罗斯作品中美国化的犹太人[D],上海:上海外国语大学,2010。

[154] ——,反叛背后的真实——从《再见,哥伦布》和《波特诺伊的怨诉》看罗斯的叛逆[J],当代外国文学,2010(1):152-160。

[155] 杨春时,文学理论:从主体性到主体间性[J],厦门大学学报(哲社版),2002(1):17-24。

[156] ——,主体性美学与主体间性美学[J],东南学术,2004(增刊):276-278。

[157] ——,审美与审美同情:审美主体间性的构成[J],厦门大学学报(哲社版),2006(5):43-48。

[158] 杨梅,人的自然性与社会性——读《人性的污秽》[J],安徽文学,2009 (5):28-29。

[159] 杨卫东,身份的虚构性[D],北京:北京外国语大学,2003。

[160] ——,身份的虚构性——菲利普·罗思"朱克曼系列"中的"对立人生"[J],外国文学评论,2004(4):50-59。

[161] 俞吾金,意识形态论[M],上海:上海人民出版社,1993。

[162] 袁可嘉,董衡巽,郑克鲁选编,外国现代派作品选(A 卷)[M],北京:北京燕山出版社,2006。

[163] 袁雪生,身份隐喻背后的生存悖论——读菲利普·罗斯的《人性的污秽》[J],2007(4):114-120。

[164] ——,论菲利普·罗斯小说的伦理道德指向[J],外国语文,2009(2):46-50。

[165] ——,身份逾越后的伦理悲剧——评菲利普·罗斯的《美国牧歌》[J],当代外国文学,2010(3):89—96。
[166] 曾令富,美国犹太文学发展的新倾向[J],外国文学研究,1995(4):130—135。
[167] 曾艳钰,走向后现代多元文化主义——从罗斯和里德看美国犹太、黑人文学的新趋向[D],厦门:厦门大学,2001。
[168] 詹明信,晚期资本主义的文化逻辑[M],张旭东编,陈清桥等译,北京:生活·读书·新知三联书店,2003。
[169] 张生庭,冲突的自我与身份的建构——菲利普·罗斯《被缚的朱克曼三部曲》研究[D],上海:上海外国语大学,2004。
[170] 张生庭,张真,《朱克曼》三部曲的叙述学阐释[J],西北师大学报(社科版),2005(4):68—70。
[171] 张武德,当代美国犹太裔作家笔下的异化内涵[J],西北师大学报(社科版),1997(3):30—33。
[172] 张志伟,西方哲学十五讲[M],北京:北京大学出版社,2004。
[173] 赵一凡,张中载,李德恩主编,西方文论关键词[C],北京:外语教学与研究出版社,2006。
[174] 郑军荣,菲利普·罗斯与文化身份认同[J],电影文学,2009(24):99—100。
[175] 仲子,菲利普·罗斯的《对立的生活》[J],读书,1987(9):145—148。
[176] 周富强,论新历史主义视角下的《反美阴谋》[J],当代外国文学,2007(2):151—156。
[177] 祝平,T. S. 艾略特早期作品的反犹指涉及其文化根源[J],社会科学论坛,2008(1):92—97。
[178] 邹智勇,菲利普·罗斯小说的主题及其文化意蕴[J],武汉交通科技大学学报(社科版),1999(4):40—46。
[179] 邹智勇,论当代美国犹太文学的犹太性及其形而上性[J],外国文学研究,2001(4):37—40。

后 记

本书是在我博士论文的基础上完成的。由于我的愚钝，我花费了别人两倍的时间完成了我的博士论文；虽然我已经尽我所能，但我深知现在的书稿还有很大的提升空间，但这个缺憾只能作为日后的研究选题去继续探讨了。我这里要对我读博期间和书稿修改过程中给予帮助的师长、朋友和家人表示真诚的谢意。

我的博士论文的顺利完成，首先要归功于我尊敬的导师李增先生。先生在我人生最困顿、迷惘的时候，把我列入门墙，使我重拾学术之梦，坚定了我继续走学术道路的决心。在我的心目中，先生是一位以自己的行动诠释言传身教理念的好师长。学术上，先生学有专攻，专治维多利亚文学、英国浪漫主义诗歌和西方文论研究，底蕴深厚，课堂上旁征博引，纵横捭阖，既有最新学术发展动向，又能从经典中发掘新意。上先生的课是一种享受。严谨治学是先生一生的学术准则。求学阶段，有幸和先生一起合作过几次文学史书籍的编撰工作，每次先生都要把我的稿件审校多次，以保证准确性和科学性；我博士论文的撰写和修改过程中，先生亦多次阅读全文并给出指导意见，但由于我资质驽钝，很多地方无法达到先生的要求，全责在我，愧对恩师。先生严谨笃实的治学态度是我一生学习的楷模。生活上，先生也为我提供了诸多帮助，为我解决了很多实际问题，使我能够潜心向学。在我读博多年依然无成果的时候，依然对我不弃，多加鼓励。如果没有先生一贯的支持与鼓励，就不会有这篇论文的完成。难忘师恩，师恩难忘，今后我无论人在何方，断不会忘了先生多年的知遇与提携之恩德。

读博期间，听取了刘建军教授、张颖教授、刘国清教授的课程，深深为各位先生广博的学识所折服。各位先生以敏捷的才思、独特的视角，为我打开了一扇扇通往西方文学经典的大门。在博士论文开题报告会上，几位先生也都提出了宝贵的建议，对以后的论文写作多有裨益。

同时，还要感谢中山大学区鉷教授，吉林大学胡铁生教授、潘守文教授，东北师范大学赵佩林教授，不仅拨冗参加了论文开题，还提出了宝贵的修改意见，为以后的论文写作扫除了很多障碍。

刘国清师兄对我的学习及论文写作给予了巨大的帮助。师兄学术视野开阔，每与之谈，都能有意想不到的收获，是我以后学习的榜样。徐文培师兄和王云师姐在论文的最后写作阶段，给予了诸多的帮助和鼓励，帮我度过了那段最难熬的时光。其他同门也在读博期间给予了很多帮助，他们是孙秀丽、龙瑞翠、霍盛亚等，这里一并致以谢意。

在博士论文和书稿修改过程中，多位师友在资料收集方面都提供了慷慨的帮助，他们是首都师范大学杜维平教授、北京大学出版社刘强编辑、我的学生申兰、长春工业大学艺术学院魏岩岩老师，感谢他们的无私帮助。我的学生李敏、刘晓双、张湘雨帮我校对了文稿，也对她们致以谢意。

在科学研究的过程中，有发表的需要，很多编辑老师都给予了我无私的帮助，他（她）们是《东北师大学报》张树武老师、《当代外国文学》杨金才老师、《外国文学动态》苏玲老师、《日本研究》吴占军老师、《长春工业大学学报》谢小萌、战弋老师、《昌吉学院学报》代琴老师。正是由于各位编辑老师的鼓励，我才能在科研的道路上努力扬帆前行。

书稿的顺利完成，还要感谢国家留学基金委提供的奖学金资助。基金委的资助让我能够在比较文学研究重镇——乌特勒支大学比较文学系从事一年的博士后研究，使我在做好研究选题的同时，能有较为充裕的时间来修改文稿。

最后，无论是我的博士学习阶段，还是书稿的修改过程，我都深深感谢我家人的默默付出。他们不但在精神上一直支持我，还为我创作了良好的学习环境。我的父母过来照顾孩子，我的爱人在教学之余，还要承担照顾老幼、打理家务的工作，他们从未有过怨言，反而鼓励我、支持我，使我以更为饱满的精神投入到论文写作和书稿修改中去。我亏欠家人太多太多，唯有在未来的时光中去弥补了。

书稿的出版，只是我科研路上的一个小结。在以后的日子里，我将加倍努力，以自己的点滴成绩去回报师长、朋友和家人的提携与支持。